大鱼文化传媒　大鱼文学

在很久很久以前

莫峻
/
作品

贵州出版集团
贵州人民出版社

**图书在版编目（CIP）数据**

在很久很久以前 / 莫峻著. —— 贵阳：贵州人民出
版社, 2016.1

ISBN 978-7-221-13063-1

Ⅰ.①在… Ⅱ.①莫… Ⅲ.①短篇小说 – 小说集 – 中
国 – 当代 Ⅳ.①I247.7

中国版本图书馆CIP数据核字(2016)第016514号

# 在很久很久以前

莫峻 著

| | | |
|---|---|---|
| 出 版 人 | 苏 桦 | |
| 出版统筹 | 陈继光 | |
| 选题策划 | 苏 瑶 | 宋惜非 |
| 责任编辑 | 潘 媛 | |
| 流程编辑 | 潘 媛 | |
| 装帧设计 | 刘 艳 | 颜小曼 |
| 出版发行 | 贵州人民出版社（贵阳市观山湖区会展东路SOHO办公区A座，邮编：550081） | |
| 印 刷 | 长沙超峰印刷有限公司 | |
| 开 本 | 889×1194毫米 1/32 | |
| 字 数 | 100千字 | |
| 印 张 | 6.5 | |
| 版 次 | 2016年5月第1版 | |
| 印 次 | 2016年5月第1次印刷 | |
| 书 号 | ISBN 978-7-221-13063-1 | |
| 定 价 | 32.80元 | |

在很久很久以前。

少女清澈骄傲的脸，少年深情固执的眼，

深红色蔷薇花开的香气，

杂草如剑万物生长的疯狂。

在很久很久以前。

你曾爱上了我，而我也曾爱上过你。

# 目录

# 目录

# 目录

# 目录

# 世界和我一起
# 爱着你

曾黎：

当一个人爱着另一个人，
会想把这世间、宇宙中一切新鲜的、美妙的、
本真的、自然的事物与她分享。

◆

有一年，曾黎去厦门的曾厝垵。

在当地吃到一盘很特别的凉菜。名字叫什么他后来忘记了，大概是苦尽甘来的意思吧。

配料是苦瓜和蜂蜜，苦瓜切薄片放在碎冰堆成的冰山上，旁边配本地自产的蜂蜜。

亦苦亦甜的刺激，在快四十摄氏度的高温天气里吃着真是爽口极了。

他去新疆吃到的好吃的也多。

在新疆的时候呢，吃到了可口的蟠桃、甜如蜜的哈密瓜、鲜香可口的过油肉拌面、比脸大的大盘鸡，大盘鸡里面的面片入味极了，可以吃下好几大碗。

有一天，天冷了，几个萍水相逢的人聚在帐篷里，每个人拥着被子，吃到了很好吃的手抓饭，好吃到又冻又饿又累的他们恨不得舔碗了事。

吃了好多天的面条后，在巴音布鲁克，他在一家馆子里，吃到了让他幸福得泪流满面的米饭。配菜是香菜牛肉、石锅豆腐、高山冷水鱼，又鲜又辣又入味，吃得极其酣畅爽快。

后来关于巴音布鲁克的记忆全是这顿饭，以及一路上看见很多招牌却没有吃到的烤全羊和烤羊腿。

泰国好吃的在他的记忆里也很多。

红毛丹、山竹、芒果、木瓜吃到醉倒，榴莲一反国内常态，清香十足，完全不会反感。释迦又软又甜，掰开后闻着味道就甜极了，入口沙沙的好美妙。

他有一天晚上无意在路边邂逅的泰式小火锅也是极好的。汤汁浓郁，肉啊蔬菜啊应该是滑了蛋液，下入沸腾的汤锅内，半熟后捞起，真是嫩得让人恨不得咬掉舌头！野菜新鲜极了！光是汤汁，就可以让人拌下好几碗的米饭。

还有芒果饭，新鲜蒸出来的糯米，带着木桶的清香，上面浇着浓郁的椰汁，旁边切配一整排酸甜的芒果。雪白映衬

世界和我
一起爱着你

着橙黄，明媚极了，入口那一瞬间，整个人飘飘欲仙快要断电。米饭软糯嚼劲十足，越咬越香，口齿全是清甜浓郁的味道，他一个人就可以吃下一盒。

而在清迈的尼曼路，星巴克进去一条不为人知的小巷里，藏着他吃到的最好吃的泰国菜。

最新鲜个大的椰子，整个入蒸，里面是酸甜鲜辣的冬阴功汤。汤里炖着鸡肉、大虾、香茅草、鲜嫩的冬菇，还有现从椰子上剜出的雪白椰肉，好吃到灵魂都快出窍了。

那是他在清迈连续吃好几天的餐厅。

西藏的好吃的也数不过来。

就说然乌的冷水鱼，一锅汤炖出来是牛奶白的颜色，鲜极了。在林芝的时候，吃到了很好吃的石锅鸡，石锅烫得滋滋响，里面的鸡汤是浓郁的金黄色，鸡肉是高原的散养鸡，肉质紧实越嚼越香，汤汁鲜美，是以后都不再有的。

在回拉萨的国道边，吃到了一顿很好吃的仔姜炒肉丝，极鲜嫩的仔姜炒高原黑猪肉，配上店家自己腌制的红椒，酸辣可口特别下饭。

丽江的腊排骨是颇为辗转才吃到的。

一当地的哥们儿，老早就叫着嚷着要带曾黎去。

结果第一天，他们订了餐，去得晚了，菜给了别人。他们大怒，第二天又来造访，排了很久的队终于吃到了号称是丽江最正宗的腊排骨。

汤汁发白，排骨肥而不腻瘦而不柴，香腊入味鲜美可口，还有点点糯糯的口感，果然好吃到死。

连里面的酸菜、肉片、笋都可以一一捞出来吃。

阳光明媚的海南呢，有金色的椰子，这种椰汁是最清甜好喝的。

在海上的渔船上可以吃到格外新鲜的海鲜。个大的海蟹裹上蛋液面粉粗粗炸过，然后爆炒，于是壳酥肉嫩，好吃鬼们可以一口吞下半只蟹。鳗鱼肉嫩且厚，红烧豉汁都是极棒的。

还有新鲜的虾，只要白灼就好，自然有本身的甜味。

打边炉的锅呢，慢慢煮着就很好了，想吃的时候各种鱼虾贝壳随便加，新鲜有味。

还有一年在北京京郊的农庄里，他吃了现摘的樱桃。

一颗颗一簇簇樱桃如红宝石般在树上闪着光，被翠绿的树叶托着，羞涩可爱。成年的人们如同孩童附身，欢呼着叫嚷着，颠颠地蹿过去，大可以一株一株地任性挑拣，因为主人说，每一株的品种和口感都不一样。

那时的天好蓝，山好远，可以随手摘随手就吃，汁液清甜，甘郁可口。

曾黎问身边的朋友们：你们吃到美味的食物的时候，你第一个想起的人是谁呢？

有人是朋友，有人是父母，有人是姐妹，有人是爱人。

其实，曾黎想，对一个吃货来讲，吃到心中的美妙食物的时候，第一个想起来的人，应该就是最爱的人吧。

在吃到所有这些美妙的食物的时候，会想起那个人。

在见到所有人世间最美风景的时候，也会想起那个人。

比如午夜乍逝的烟花，山顶处璀璨的城市夜景，早晨太阳未出之前闪着金光的海洋，还有一片烂漫的野花尽头连绵无尽的雪山……

后来，曾黎在旅途中遇见了一个姑娘，他也遇见了这样的心情，他把他记忆里所有的美好食物掏心掏肺与她分享，所幸她也一样。

再后来他们就一起携手吃遍人间了。

所以，当一个人爱着另一个人时，具体的表现就是会想把这世间、宇宙中一切新鲜的、美妙的、本真的、自然的事物与她分享吧？

那种心情就是：我想把这世间最好的统统给你。

我会想要这整个世界和我一起，很认真很长久地爱着你。

没有什么甜言蜜语，没有什么山盟海誓，这就是一个吃货最朴素的表白心情。

而你呢，应该是冰冷的果子酒、草莓味的冰激凌、挂着水滴的红樱桃、夏天沙沙的西瓜，是一切美味的陶醉的，在相遇以前从未品尝过的美好食物。

你是一旦失去了，就再也吃不到的美好食物。

你是一旦错过了，就人生不再完整的美好食物。

# 被时光掩埋
# 的秘密

◆

乐游：
那盒画笔，命运原本的安排就是，
无法改变任何事，也无法交给任何人。

◆

听到乐游娶妻生子浪子回头的消息，小区里所有人的表情都只能用惊呆了来形容。

后来真真切切地看到乐游的未婚妻上门做客，这才信以为真。

姑娘就是本城人，家住在环城河大桥的桥头附近，是邻里之间只要一闲聊就能知道根底的清白人家的本分女儿。

大家纷纷说，真是想不到啊，这下子，乐游爸妈是熬出头了，能睡个安稳觉了。

大名鼎鼎的乐游，不是传说中父母口中别人家的孩子，而是大家聊起来一致唾弃的反面教材。

乐游的事迹不仅是小区里三姑六婆最爱聊的八卦素材，

就连附近的几条街都有所耳闻，都知道某街某巷某小区出了这么一个祸国妖孽。

乐游其实长得是很好看的。高高的个子，干净的脸庞，用时下的话来讲那也是颜值颇高的小鲜肉一枚，只是那双漂亮眼睛，眼珠乱转，一看就心眼太多。

乐游从小学的时候起就十分讨女孩子喜欢，多少小姑娘借故顺路经过乐游家的窗前，就为了偷偷看他一眼。

就连乐游后来高中退学不务正业后，也不少漂亮姑娘踩着十厘米的恨天高在楼下等乐游，她们紧跟日韩风潮的时髦装扮总能让当时民风淳朴消息闭塞的小城大开眼界。

这样帅气的乐游，从小就发挥了不走寻常路的成长趋势，在小区里顺走 A 家水果打碎 B 家玻璃搂了 C 家孩子那都是家常便饭。入学后在学校里迟到逃课、打架斗殴、大闹课堂、调戏老师更是无所不能，从小学到初中都是学校里称霸一方的大哥。

乐游父母都是最本分老实的厂区职工，怎么也想不通为什么基因它就突变了，孩子竟然能猖狂成这样。

乐游高中一年级的时候就不怎么去学校了，不是在游戏厅飙车，就是去网吧砍怪，要么就是在台球场吹牛。

如果都不是，那一定就是在某条偏僻的小巷子里关爱学弟学妹——学弟啊，来，零花钱交出来给哥花花，我保证不打死你。对，就是传说中的敲竹杠了……实在竹杠没得敲，他也会在网上顺手骗骗 Q 币什么的。

大家都说三岁看老，这乐游以后是吃定牢饭了。

不得不说群众的目光是雪亮的长远的，乐游毕业后，长年盘踞在城里坑蒙拐骗偷，进过局子好几回。每次要么交钱赎人，要么就被打得鼻青脸肿蹲几天再出来。

有一年过年，乐游衣着光鲜地回来，还给家里捎带了不少年货，大家都想莫不是乐游改邪归正了，就像高二那一年。

有人问乐游妈妈，乐游是在外面做什么工作啊？

大过年的，乐游妈妈就那么在喜气洋洋的鞭炮声里红了眼眶。

原来，乐游去了市里，跑去混黑社会了，帮人看赌场做

.

打手，听得人啧啧称险。

　　是的，高二那年乐游确实开窍过，在外游荡了很久，却一反常态打算回学校考大学。

　　那是后来的乐游很多年不曾想起不曾提及，已经快要忘记的一个秘密。

　　他跟爸妈说要改邪归正，回学校念书，乐游的爸爸没当真，没想到当天晚上乐游真从家里的各个角落里把积灰卷角了的课本翻了出来抹平擦干净，还因为妈妈不识字不小心把语文课本撕了几页跟她吵了一架。

　　乐游爸爸这才知道，乐游是认真的了。

　　所有人都说乐游长大了开窍了，谁也不知道乐游这个念头，只是源于一个女孩子。

　　他们是在网吧认识的，网吧的机子破破烂烂的，女孩子想打游戏，看了几台电脑都不行，刚好附近的乐游只是看视频，所以就和他商量换一下电脑。

　　乐游并不总是吊儿郎当酷帅狂霸拽的，他好心地和女孩子换了，两个人后面不知道怎么加了 QQ 还成了好友。

聊得多了才知道大家竟然还是一个学校一条街的，当然这仅仅局限乐游知道。不知道出于什么原因，乐游没有告诉她自己是什么学校的，也没有告诉她自己与她住同一条街。

这个在网吧里面打游戏的女孩子，居然还是学校里的小学霸一枚。

她不仅成绩好，还会拉小提琴，更加擅长画画。她给他讲了很多关于音乐以及绘画的知识，那些枯燥的艺术第一次可爱亲近起来。

学渣乐游后来想，那时，他对学校和住址的刻意保留，可能只是年少第一次萌芽的自卑吧。


乐游第一次为这种每天无所事事的自由感到不适，想了好几天他打算重新回到学校……念念书，做个好人，可能的话上上大学，看看外面的世界，貌似也并不是那么遥不可及枯燥无味。

回到学校后，第一件事情就是去找她，用的借口是语文书坏了，那么就找她抄抄笔记好了。

她看到他的时候，有意料中的惊讶，也有意料之外的冷淡。虽然她并不是很热情，书却还是借给了乐游，所以乐游还是很高兴的。

只是乐游没想到，学校里见面的次数多了，QQ 上的联系却越来越淡了。

他隐约意识到什么却无从改变。


这次上学没有多久，就因为乐游又一次敲人竹杠被告发到学校，领了留校察看的处分而告终。

乐游也不在意什么留校察看了，直接就不来了，后来还是乐游妈妈去教导处办的退学手续。

处分的那天，乐游照例登录 QQ，习惯性地搜索熟悉的名字，却找不到姑娘的名字——她用无声而坚决的方式，彻底断绝了他们曾经与未来的所有联系。

乐游甚至没有来得及说，其实这真的是最后一次了，他只是想攒点钱为她买她中意好久的那款昂贵画笔。

但无论如何，他没有办法站在她身边发光，也没有办法与她同行……他们根本不属于同一世界，一切的一切，都是他自己的问题。

哪怕是怎样的出发点，是怎样的心太急，是怎样的意太深。

还去什么学校，他哪有什么脸再去学校。


后来的很多年，乐游做过打手，偷过东西，打过群架，进过多次监狱，最严重的是一次打残了别人的一条腿，交了很多钱又在监狱待了好几年。

在监狱里他想了很多事情，不知道是因为孤独还是因为时间流逝他不再年轻，他恍惚间明白了一件至关重要的小事：那些年的耿耿于怀只是一个微不足道的玩笑而已，多年前的处分与失联，是他的问题，也是女孩子的一个契机与借口。

那盒画笔，命运原本的安排就是，无法改变任何事，也无法交给任何人。


今年是 2015 年。

乐游要结婚了，这一年他临近三十，曾经那个漂亮的男孩如今身材已微微发福。

他的未婚妻，比他小五岁，家住环城河桥桥头。

他曾经胆怯地爱过一个姑娘，就住在一条长街上，他这十年从来没有经过她的门前。

这是乐游青春时唯一的秘密。

*loving*

*mas*

*rthur V. Miller of*

*. Barney of sacra.*

# 我们终究会抵达
# 想要的未来

◆

南风：

她能想象的这世间一切温暖得让人落泪的温度，
也比不上他手心的温度。

南风很喜欢旅行。

这个念头源于高中某次在图书馆某本杂志上看到的一张照片，照片里有春江水暖，又有隔岸桃花。桃花后青山隐隐，白雪皑皑。那是 3 月到 4 月的林芝，轻轻浅浅静美无言。

这张照片，一下子就戳中了南风的心脏。这个世界大而壮美，可是她十数年从未踏出小城一步。

在这个星球上，有多少个不知名的村落，又有多少个人迹罕至的山谷，要是没有看过，多么遗憾啊。

关于旅行这件事，南风从未对别人提起过。

因为家里经济状况并不好，她其实从来没有去旅行过。一个从来没有去旅行过的人，怎么好意思说自己很喜欢旅行呢？

有一次上体育课，老师还没来，班上的女生三三两两聚在一起聊天。一个刚和家人从新西兰回来的女孩子，和同学夸张地谈到那边食不下咽的饮食。同学听了都惊奇地附和询问，继而娇声大笑。南风只是沉默地听着，心里有无奈的羡慕，和低落的鼓舞。

高考完那年，南风填写的志愿离老家很远很远。

同学都说写那么远干吗，坐那么久的火车，还要转车多累啊。

她笑着不说话，心里却想她第一次可以离开这待腻了的小城了，一定要远一点更远一点。

她把以前偷偷从图书馆里的杂志上撕下来的那张林芝的照片，从寝室床头的墙上揭下来，夹在日记本里，那是一个有点远，却无限美丽的未来。

那个暑假，南风在小城里找了一份兼职，光是培训上岗就是两周，三伏天里在太阳下一站就是一天，但一两个月下来还是可以有好几百的收入。这部分她统统用来做上学和旅行的资金。

后来上了大学，她又利用课余时间做过各种兼职。发传单、服务员、促销员，并用自己赚的钱买了一台电脑。

她一点一点地积攒着，看着数字几十块几百块攀升，心里会有一种踏实的满足感。第一次感觉到自己的人生被紧紧地攥在自己的手心里。

后来南风终于用了这笔钱，却并不是去林芝，而是去了一座北方的城市。

因为那座城市，住着她喜欢的男生。

男孩子很高，是南风实习的时候认识的，穿浅蓝色的毛衣尤其好看，在一群人中温柔地笑着。

南风存折里面的钱一点点变少，她却拥有了越来越多的记忆，以及一张张 K 字头的红色火车票。

南风觉得，她没有去过这个世界上的任何景点，却已经看过这个世界上最好的风景。

他们两人总是南风去北方多。有的时候南风去一周，他能陪她的时间也不过就两三天。

他对她也挺好的，虽然不能走遍整座古老的北方城市，但是他也带她登过最高的山顶，走过一条条宁静的街巷。

北方冷冽的空气里，有最亮的阳光，枝丫倒影斑驳纵横的街道上，有手牵着手的他们。

温热的水杯，口里哈出的白气，冬天的热水管子，黑夜里一明一暗的炭火，我能想象的这世间一切温暖得让人落泪的温度，也比不上你此刻手心的温度。

但心里还是装着一个梦，那个梦里有雪山草场，旷野无边。她把曾经撕下的那张照片拍了照给他看，他说好啊，我们一起去，你去哪里我都陪你去。

南风的心里有千万棵树发芽生长的声音，她好像已经到了林芝，看到了无数的山桃花，落了她一头的桃花瓣。


后来呢，她真的去了，却不是和那个蓝毛衣的男生。

蓝毛衣的男生在毕业的时候早已将誓言忘记得一干二净，彻底清盘，用全新的誓言和热情，迎接英国念书回来的前女友。

万恶前女友，祸害遗千年。他说从未忘记她，于是不想欺骗她。爱情的界限，可恨在于从来不是分明的，我们常常跟这个人在一起，想着那个人，跟那个人在一起，又记挂着另一个人。

他说分手的当晚，南风就买了一张车票，坐着去了他的城市。

她想当面说清楚，也想问个为什么，她想或许可以挽回，她想结局会不会不一样。

婴儿的啼哭，泡面的气味，昏暗的灯光映照着昏昏欲睡却看着像是垂头丧气的人们，整个车厢沉默无语着，像是称职的看客。

火车终于到站了，她下了车，看到这座熟悉的城市和来来往往的人群，沉到谷底的心慢慢地浮了上来。这才感觉到揪心的窒息与心痛。

她蹲在路边咬着牙泪如泉涌。

这么多的人，这么大的世界，这么四通八达的路，当你和一个人告别的时候，却没有一条可以与他同行。

那些我们熟悉的人，那些我们熟悉的城市，那些我们融入骨血习以为常的万物，定睛一看，其实都是寄存。

那些我们听过的誓言、给过的想念，全都随风消散过不留痕，你所认真的往往不过是一场消遣。


火车站每天的离别那么多，她在其中多么微不足道。

南风的悲伤就这么偃旗息鼓。

她买了车票又回去了，就像她从来没有来过这座城市。

原来，她去那里，究其所有想要完成的不过是一场道别罢了。

火车在玫瑰色的黄昏下带着她回家，这是一种可以具体衡量的失去，每一分都比以前更多，每一秒都比以前要远。


后来的后来，南风去过很多地方，大半个中国都跑遍了，真的成了别人口中喜欢旅行的女孩子。

后来的后来，原来他们也并没有走散，成了去了彼此的城市还可以见一见谈谈天说说地的散淡朋友。

后来的后来，她也交了几个男朋友。只是有的时候，偶尔在梦里见了一个蓝毛衣的男生，醒来后还是会怅然良久。

我们终究会抵达想要的未来

每年的春天她都会想起那一弯林芝的桃花，却从没有在春天的时候抵达过那里。那张图片也早已在毕业、搬家、再搬家中辗转遗失了。

后来有一年，她刚好和男朋友都在四月凑到假期，便说一起出去玩吧。

男朋友说你想去哪里我都陪你去。她依稀记得很久以前也有人这么对她说过。

她说那就去林芝吧。

林芝的山桃花真的很美吗？也不尽然。

尼洋河的水浅而清。山桃花红红粉粉摇曳在河的对岸，并不很多，也并不震撼。看一看也就过去了。

她心里说不清道不明的失望。就像那一年她去大学报到，看到那座陌生的大城市，并不怎么热闹繁华，车如流水马如龙。实际上，跟她生活了十八年的小城并没有那么大的区别。

原来她来林芝，也只是为了道个别。

就像《阿飞正传》里面的露露，一直喜欢着旭，旭不告而别后，她哭着满世界找他。后来她找到了他的家里。他妈妈说旭已经走了，不知道什么时候回来。

她听后满头满脸的失望，后来又问我能进去看看你的房子吗？

露露在房子里转了一圈，失落地说我每次跟他回来，他都叫我在楼下等他。我老是想知道，这房子到底是什么样子的。看清楚了，原来也不外如是。

她出了门，站在庭院门口，回首望，眼睛里全是晶莹的泪水。

有一天啊，我们都还是会抵达我们想要的未来。只是，开门的却往往不是约定的那个了。

可是也没什么关系，那个未来也不过只是一段普通的未来而已。

# 听说
# 美好曾经来过

◆

卓然:
她想，也许我就是那种注定得不到
也不配得到幸福的人。

卓然胖了，胖了快三十斤，但这不是一种烦恼的胖，而是一种幸福的胖。

她交了一个男朋友，男朋友对她好极了。

该男生上得厅堂下得厨房，每个晚上都给她煲各种滋补靓汤，夏天清火，秋天进补，卓然上班的地方吃午餐十分不方便，他就每天准备了菜色不一荤素搭配营养均衡的爱心便当。

说到这里千万不要以为男生就是家庭煮夫了，恰恰相反，男生竟是学霸一枚，北京名牌大学研究生在读，品学兼优才貌双全，不出意外，以后是可以直接领了奖学金就出国深造的那种。

男朋友很喜欢她，他总说胖点好，他说希望全天下只有我一个人知道你的好，这样就不担心你被别人抢走了。


最后的最后呢，卓然没有离开，男生离开了。

他劈腿了，爱上了研究室里面的一位同学。

因为那个女生对他实在太好了，他俩从落花有意到你来我往再到成双成对足足经过了半年时间，其间男友经历了坐怀不乱到举棋不定再到倒戈相向，卓然竟然没有察觉到一点蛛丝马迹。


男生终于走了，从错愕的卓然那里抱走了所有属于他的东西包括那只养在厨房里的小仓鼠。他写了一封长长的信跟她说明电视机怎么开燃气怎么用各类文件都放在哪里……

他说，你一定要好好照顾自己，有什么困难第一时间找我吧。

他是这么结尾的——他说这样也挺好，反正你从来没有爱过我，希望你可以找到你爱的人，能够开心能够幸福。


一切都回到了过去，卓然还是以前的卓然，除了身上多的那三十斤肥肉。

没有爱过他吗？卓然在空荡荡的房间摇头，她对他比对以前所有的男朋友都要上心。

分开后，她有一段时间都不敢回家，回到家里想到曾经的点点滴滴就心痛如绞。

她想，也许我就是这么一个不会爱人的人——喜欢独自行动，不喜欢沟通，不习惯撒娇，大多数时候都很沉默，像是在走神。

但这就是我，我就是这么长大的。


卓然长在北京的胡同里，用婉转的说法是，家境普通，用直接的说法，就是家境潦倒。

父亲是一位大楼的电工，母亲没有正式工作，社会哪里需要就在哪里添砖加瓦，卖过衣服倒腾过水果心血来潮也去支摊烤过小串。

虽然没有工作，但母亲是家里的女王，惯于说一不二实行霸权主义。

总是因为一样东西便宜几毛钱，便让父亲舍近求远坐几个小时的公交车去其他区买。每天晚上都"一下五去四"地算账，要是有一块钱对不上，便会把熟睡的父亲叫醒盘问，然后劈头大骂，说他怎么不去死。

卓然英语成绩很好，有一年有个国际英语演讲比赛，学校推选了她去，一路过关斩将成绩都不错。但是中途，母亲却让她退出，并给班主任打电话大闹了一场……原因仅仅是怕后面比赛卓然取得更好的成绩，家里要出钱。

那天放学卓然在街上浪荡到天黑才回到家，进门看见放在门口的母亲那双最喜欢的皮鞋，她真想冲上去用剪刀剪个稀巴烂。

但母亲也挺爱她的，她俩一起去超市，母亲总会拆了各种饮料零食给她吃，吃完再若无其事地把包装放回货架。

卓然直到很大了，才意识到这样做是不对的。

但卓然现在去超市还是会偷偷拆零食吃，她说她不想这样，但她已经习惯了。

有时候她甚至会想，我就是这样的没错，我有她的血脉，她是这样的，我也是这样的。

后来她交了很多男朋友，可是她一点都不开心，每段感情都善始却没办法善终。

她想，也许我就是那种注定得不到也不配得到幸福的人。

卓然一度很想快点长大，事实上她非常早熟。

十几岁的时候，她就做主把家里在二环的房子卖了，然后在市内相对远一点的地方买了相当于之前两套那么大面积的房子。

直到今天她依然以此为豪。

她工作也十分出色，她手下不乏比她大很多岁的人。毕业后她做的第一件事就是搬出家，哪怕当时北京的房租，足足要她大半个月的薪水。

但她还是一点都不开心，她每天下班回到那间充满回忆的房子都泪如雨下，人生有什么意思呢？

她无时无刻不在动一个念头，她想是不是在另外一个世界上帝会偏爱我一点。

打定主意后她把出租房里的东西整理了，开始往家里搬，在家整理东西的时候，她在书柜最底层发现了一个小盒子。

盒子里面有很多老照片，照片上的女人容貌跟母亲挂了四五分，有单人的，也有合照的，但合照的净是西装革履风流潇洒的男女。

她想可能是她表姨的吧。


她跟表姨讲，表姨，我家里有很多你的照片。

表姨看了，说，这不是我啊，是你妈妈呢。

她惊讶，怎么会是我妈呢？

她实在没有办法将照片里面这个高雅漂亮的女人和那个市侩俗气的中年妇女挂钩，照片上的女人那么美丽时髦，光彩照人，眼睛闪闪发亮，书卷气十足。

表姨也怅惘了，说就是啊，你妈妈年轻的时候是这么漂亮的，喜欢看书听歌，追求者很多。后来她离开北京去深圳，朋友全是香港人外国人，还交了一个外国男朋友。但是家里父母不同意，拉锯了很久，还是把她叫了回来，安排她嫁给了你爸爸。父母总觉得找对象知根知底比较好，怕你妈妈受骗。你爸爸跟你们家是一个胡同的，你爸爸那时候家里条件也好啊，你爷爷是开工厂的，只不过可惜你爸爸不成器，后来所有的家底都给你姑父了，只留了二环那套房子给你爸……你知道的，就是你们后来卖了的那套啊。

卓然听完没有说话，抱着照片默默地回了家。

她走在人来人往的长安街上，脑子里全是那些照片，照片中的女人烫着卷发戴着宽檐帽，复古白衬衫配蓝色及膝裙，站在海边开怀大笑，像个电影明星一样。

就有痛从心脏滚滚碾过，照片在包里滚烫烙人，像是怀抱着一个女人一生的热烈期许和希望。

她突然不再怪谁了，就这么原谅她的妈妈了，也原谅了人生所有的不美好。

毕竟，人生也那样美好过。

就像他离开了，尚且留下的那句：希望你找到你爱的人，能够开心能够幸福。

# 一颗熄灭的星

◆

景妤：
那样子，我的世界会又暗淡一点，
因为我的头顶上，又灭了一颗星。

景好和长恒，他们已经很多年没见了。

景好出差回国，恰逢长恒也来到她的城市看演出，便约她见面。

见面的头天晚上，景好整晚都在折腾行李箱，琢磨明天见面要穿什么。

A 大衣复古有范，却太过于隆重；B 大衣颜色艳丽，似乎又有点俗气；C 大衣文艺气质，似乎有些平常了。好容易决定就 C 吧，不要太多雕琢好了。

第二天起床一看，竟然变天了，北风呼啸着拍打着窗户。南方城市的冬天一下起雨来，就湿冷入骨。

她咬咬牙，还是穿了大衣。

到餐厅的时候还早，她特别给自己叫了一杯饮料，也给他叫了一杯热饮。天气太冷了。

餐厅没什么人，她坐在大厅里对着大门的位置——这样，他一进来她就可以看见他了，至少是可以有一个得体的起身。如果背着门口坐，他突然走上前来，她难免手忙脚乱的。

这么多年，她还是那么在乎他对她的看法。

等了将近半个小时，迷路的他才终于到了。她抬起头，就看见他走了过来，还是那么好看的脸庞、高挑的个子，穿着大衣戴着围巾，白皙的皮肤冻得有点红。

但奇怪的是，她竟然没有一点心动，就像与一个多年老友的平常叙旧。

他们说了一些旧事以及近况，他提到在单位本来有升职机会，又被小人搅局之类。又说到新炒的股票没看准，套牢了一部分云云。还有打算换车，看一个什么价位的好呢，三十万的和五十万的在反复比较……

她温柔地看着他皱起漂亮的眉毛，心想这就是她整夜整夜思念、大半个青春深爱的人啊。

她问他，最近还有没有在弹琴？

他说早就不弹了，工作比较忙，不过前段时间捡起来了，录了一点问她要不要听。

还没等她回答，他又说算了，免得她打击他退步如此明显。

她就说那不听算了。他在大学做一个文职，又有什么好忙的呢？

他看她没有接话题，又说，还是给你听听吧。

琴声铮铮淙淙从手机里面流了出来，那么好听。


他低着头弹琴的画面，分别后的这么多年在她的脑子里过了无数遍，每一遍都是心口的一道伤痕。

那个时候，她追他，穷凶极恶的。

他的每一节课，她都跟去听，一度他们班的很多老师，都以为她是自己班的学生。他的衣服伙食都由她一手包办，读书笔记考前重点她从来给他整理得丝毫不差。

甚至是毕业论文都是她开夜车写了两份，一份自己的，一份他的。

　　暑假的时候，她常常去他老家找肯德基或者麦当劳临时工，休息了便约他出来见面，两个人逛马路，能来来回回逛好久。

　　他说我要回去了啊，她就说不准，你要回去，我现在就叫有色狼哈哈哈哈把你抓起来。他骂她笨蛋，又笑着揉她的头。

　　很长一段时间，她对幸福的定义，就是那个时候的他们。

　　室友都问她这么辛苦图什么。她其实什么都不图，他就那么站在她身边就好了，如果能对她笑一笑就更好了。

　　大学毕业，他听从家里安排去了澳大利亚留学。她放弃了去美国留学的机会，也跑去了澳大利亚。

　　她打工赚钱，他则有家里接济，两人相安无事。

　　分歧出在毕业那年，他决定回去，在国外生活还是压力太大了，回到家自然有父母包办好的一切，房子工作以及不

一颗熄灭的星

用操心的未来，她则建议留下来。

两人反复吵架争执，后来有一天，吵架终于停止了。

那天，她从朋友家回来的时候，发现房间里竟然没有一件他的行李，干净到好像这个人从来没有存在过一样。

她双手哆嗦，打他的手机，已经关机。

一个人要消失，真的可以消失得如此彻底。

他早就预谋好了，她实在不回去那就扔下她，扔下她一个人在这里，他已经懒得给她一个解释一份说辞了。

她坐在房间里，不吃不喝足足坐了一天一夜，流光了所有的眼泪。

她没有办法去找他了，他策划的这场不告而别切断了她所有的自尊与骄傲。

或者是他从来就没有爱过她，他爱的是一种舒适无忧纯粹被爱的环境。如果那个人不是她，是别人或许也可以。

可她还是喜欢他啊，澳洲无数个闪烁的星夜，晴朗的白天，她只要看向天空，就会想起他的脸庞，看到有飞机飞过，心就会钝痛。

但是那张闪闪发光的脸庞，她实在没有办法把它和对面这个人重合在一起。

她听到心里有一声轻微的叹息。

吃完饭，她在餐厅提前订好了车，送他回住的地方。他说以后常回来啊。她说要看公司的安排。他说不回来也好，中国天天雾霾。她已经拿到了澳洲的绿卡。

他下车了，对她挥手。

她也是。

她看着他就这样走进黑夜，走出她的生命。

年轻时候的很多爱，都像施华洛世奇一般，那么闪烁璀璨，要淌过流年抵过岁月，我们才能知道这其实都不是钻。

我们却错如对待钻石一般珍而重之。

我知道啊，亲爱的爱人，有一天我们都会老去，但我不接受，曾经那么美丽高高在上的你，有一天归于平凡。

那样子，我的世界会又暗淡一点，因为我的头顶上，又灭了一颗星。

你知道吗？你对我来说，那么那么重要，一如爱本身。

# 他不知道的事

白光:
他不知道，他无意间的举动不仅仅是那一刹那让她笑了，
更温暖了她的整个青春。

见过白光的人，都有点可惜——她怎么找了那么一个男朋友。

倒不是说她男朋友不好，她男朋友在常人标准中也算是品貌皆宜的良人，只是对于她来讲确实差了不止一点。

她年纪轻轻已经是业内知名的摄影师了，工资以日薪计算，每天与帅哥美女甚至明星打交道，要么就是去国外旅行胜地拍摄风景大片，吃住均是高级酒店，过的堪称是偶像剧般的生活。

人们自然就要说了，什么富家子弟青年才俊没有，偏偏找了个机关单位的小小白领。

工资是否赶上她的日薪不说，升职也是遥遥无期，家世也就普通人家，实在看不出哪里好。

实在要说好，也就是运气好吧。

偏偏能在同学聚会上入得这位才女的青眼，两人谈起恋爱，现在已经是谈婚论嫁的地步了。


是啊，两人唯一有交集的地方也就是曾经同学一场是老乡了。

否则，就两人现在的工作性质，真正算得上是两个世界的人。

所以人人才这般称羡他的运气。

其实要仔细说起来，她也并不是一直这么出色的。


第一次遇见他的时候，她还只是一个不起眼的新同学。那个时候是初二了，她突然转到他的班级里。

她跟在老师后面头埋得很低，直到老师回头叫了她的名字，说你以后就坐在这儿了，两个人好好相处。

她这才抬起头来，快速扫了他一眼，又匆忙低下头去，然后坐下来一直在课桌下面翻着课本不说话。

对于他们这种小城市的中学来讲，同学基本上小升初就定了，很少有外来的新同学。所以大家都对她很是好奇。

有前后桌直接问她的，也有间接辗转问他的。

问题不外乎她是哪里人啊？怎么突然转学了呢？成绩会不会很厉害啊？这类比较八卦的问题。

她从不正面回答。

学校不大，从无秘密，很快这些问题大家都不再问起，因为一切问题就算她没有回答也已经水落石出了。

她并不是转校生，而是留级生。哈哈，这个时候居然还有留级生。大家乍听到她的来历时都免不了这么惊诧一番。

不是成绩有多好，而是成绩差得不得了。

也有课间议论的，不知道她听见了没有。

可能没有听见吧，她在班上没有什么朋友，课间时候便趴在桌子上睡觉，中午一打铃就消失无踪，快上课才肯回来。

其实也很难融入大家的圈子吧，大家原本都是老同学，经过一年的相处每人都有了自己的圈子，谁都不缺朋友。

而她跟他，那个时候正是男女大防界限分明的年纪，她不跟他说话，他也拉不下脸来主动和她讲。

只有一次意外吧，那次是期中考试后，数学课上老师发放试卷结果。

又是无聊的排名和讲题，他闲极无聊就在草稿纸上画了班主任的漫画。

班主任很胖，他就画了一个在大喷口水的冬瓜。

刚好他后桌那个聊得来的男生请假没有上课，他便将草稿纸推给她看。

她抬起头来显然有点惊讶到了，眼神不确定，好像不相信他是在跟她说话。眼眶有点红，看见漫画，虽然笑了，却笑得有点勉强。

可能没考好吧，他下意识瞄了一眼她的试卷。

她的神情很紧张，马上就假装无意地把手移过去挡住了分数。

他也不好再说什么，就自言自语地说了一句，这数学有什么好学的，无聊死了。

下课后，她照例待在课桌后一言不发头埋得很低。

他却听到前面的同学在相互议论，哎呀，你知道吗？刚才数学老师点名让亲自去讲台领试卷的那些人全是不及格的，只有那谁一个女生上去，还是有点丢人啊，啧啧。

他微微一愣，仿佛记得，刚才上课他在画画的时候，好像身边的人起来去领了试卷。

他转头看了她一眼，却看见一滴眼泪砸在课桌上。

他不知道怎么劝慰她，却又不能什么都不做，灵机一动便画了很多画。有数学老师的，是个冬瓜；有物理老师的，普通话总是不标准；生物老师，很稚嫩；语文老师，是个总喜欢搭着眼镜的老太太……画完了，便给她看。

她一开始不动，后来擦擦眼睛还是抬起头看了，笑了。

后来两人渐渐有了一些交流，她也不再每次一下课就出去，偶尔也会画一些画。她在这上面仿佛有些天赋，他便建议她去学画。

于是她后来真的去了，在第二年，他生日的时候，她送了他一份礼物，那是她画的一张素描，那上面的人是他。

　　他渐渐明白了些什么，她可能喜欢他吧。

　　他虽然收了下来，那幅画却是没拿回家就扔掉了。他对她从前没有非分之想，今后也绝无此意。

　　后来就是很久的后来了。

　　高中的时候，两个人分到不同的科班，他走他的阳关道，她过她的独木桥。

　　那些曾经课间的接触与笑谈都烟消云散，仿佛从未发生。

　　高考的时候他勉强去了省城的一所师范大学，毕业后在姑姑的安排下去了上海，进了一家事业单位，从此安分守己规矩度日。

　　没想到兜兜转转，两人居然在千里之外的这座城市相遇，恰巧两人都是单身，不知道是谁先开始，竟然就慢慢谈起了恋爱。

他不知道的事

他知道了她后来的很多事情，比如高考时绘画艺考上了上海这边的大学。

大学的时候一直学画还拿了好几个国内设计的大奖，也因为这些奖项在大三的时候被学校推荐去日本一所知名大学做交换生。

也就在那个时候，她迷上了摄影。

毕业时，已经颇有拿得出手的作品，于是又因为这些照片进入了一家时尚杂志做了专职摄影师，见过好些个国内炙手可热的明星和各种腕儿。

再后来呢，就是觉得上班无趣，很多人又私下找她拍片子，就索性辞职自己单干。

再后来，便开了自己的工作室。

她就这样走了很远很远，远到仿佛从来就是另外一个世界的发光体。

他俩坐在江边黑夜的车里，他听她讲起这些来龙去脉细枝末节，看见她的侧脸映着这城市斑斓的灯光，总觉得仿佛如梦如烟，那些同窗往事恍如隔世。

那些关于她的过去与现在，都是一个他所不知道的世界。


是的，他不知道，那个时候她中午消失无踪都是去了学校教师宿舍尽头的一个凉亭，无论是天晴还是下雨，无论是酷暑还是寒冬，对她来讲，这样也好过在教室里四十多个人中无所遁形的孤独。

他不知道，他无意间的举动不仅仅是那一刹那让她笑了，更温暖了她的整个青春。

他也不知道，她喜欢他，到今天已经有十五个年头，竟已持续了她不满三十岁的半个人生。这些都是他不知道的事。

他不知道的事

# 忘掉它，
# 像一朵忘掉的花

琉璃和男朋友的分手，直至现在还让朋友们记忆深刻。

毕竟有生之年，在平凡乏味的人生中能遇到如此戏剧性事件的机会还是不多的。

那个时候，大家刚收到琉璃的请帖没多久，有些外地的朋友，则刚订好了前去观礼的车票机票。请帖还没焐热，结果人家说不结就不结了。

这种事情也是满惊悚的，谁听到都觉得不可思议。

于琉璃来说，更是致命一击。

先不说和男友已经相识十年，也不说酒店婚纱都已经订好，更不说房子已经买好装修完毕只待新人入住。最棘手的还是怎么面对亲朋好友。

想象一下先是喜滋滋地在单位里发了一圈喜糖。

然后说：老板，我请个假哈，我要结婚了。


第二天，老板问：咦？小李你不是请假结婚去了吗？怎么还在公司啊？

哦，老板，我已经离婚了……

这种风中凌乱你们感受一下。


结婚证和钻戒都还静静地躺在抽屉里呢，自己却一夜之间在大好年纪里莫名其妙就变成了下堂妻。

男友是在游戏里面认识了一个女孩子，两人聊得投机相见恨晚。这才明白原来过去十年都只是将就，并非爱情。

他也曾摇摆犹豫，婚期将近才明白终究过不了心里那一关。

他没有勇气直接告诉琉璃，所以给她写了一封很长的信，然后流泪跪着恳求她的原谅。


或许谁都有权利追求自己真正想要的生活，她不知道男友到底是对是错，只知道自己没有办法拒绝。

　　没办法说清楚那一刻复杂而疼痛的情绪，自己放在心尖上的人，哪里忍心看到他有一点皱眉。更不能原谅原来让他皱眉的那个人竟然是自己。

　　她只是难过啊，你看，有的人用了十年的时间也没有得到一份真心，有的人只用了短短两个月就得到了一生。


　　这份感情自始至终，到底是琉璃更患得患失一点。

　　是她收到他的信息会欣喜万分，是她没有他的消息会躁郁难安，是她感觉到他在身边就好像拥有了整个世界。

　　而他呢，好像总是有点淡淡的。


　　大三的圣诞节，她送了他一张最爱的CD，顺便表了个白。

　　他什么话也没回，就在琉璃焦躁地等待了好几天后，在网上跟闺密讲啊啊啊一定没戏了的时候，才收到他的消息，他说好。

　　其实，后来她才想明白，一份真正打动了你的感情，大概是不需要左思右想那么久的。

我们永远想不到，面对一个真正爱的人，一份真正热爱的事业，我们能迸发出多大的能量。

就像我们曾经为了追一本小说通宵熬夜，就像我们为了打一个 Boss 可以连续几天不吃不喝还精神百倍。

而只有我们真正所爱的，才拥有开启我们身体深处这所能量场的钥匙。

在没有遇到它们之前，这个矿藏一直在熟睡中。

如果你没有开启对方这个矿藏，你只是一个孤独的守矿人。

或许有一天，因为你待得太久了，你幸运地找到了这把钥匙。

也有可能有一天你太累了，打了个小盹儿，这个矿藏的钥匙溜走了，就在你面前被另一个人开启了它全部的光芒。

你要做好这个准备。

亲爱的，你根本不用流泪，也不用道歉。

你知道的，我哪里忍心看到你这样不快乐。

琉璃的男友后来把新买的房子留给了琉璃。在亲朋好友一致的反对声中还是去了游戏姑娘的城市。

琉璃后来一直单身，有一年，她说她要去香港。

到了广州的时候，她却突然转道去了中山，或许那里才是她此行的目的地。

那里有三角梅和凤凰花，也是他曾经念大学的地方，她也许去他的大学转了转也许没有。

离开中山的时候，临行的车次取消，她很辗转折腾才到了香港，还错过了一次航班。

有些一开始错的事情，延续下去，也只是会一错再错而已。

回来的时候，琉璃把房子卖了。

也许终其十年，她只是寄居在他的房子里，拿着一把不属于她的钥匙而已。

# 我就这样
# 爱你好不好

◆

朱良：

终这一生，我们都希望能有机会，
纯粹地对一个人好，而别人也恰好纯粹地回应。

◆

　　那一年，朱良刚考上大学，马上就要去外地念书了。

　　这么多年，他连火车都没有坐过呢，在这飞机已经满天飞的时代，他一次都没有单独离开过家。

　　他充满了期待，那个暑假是如此漫长，好几个星期他都没有办法入眠，怎么就是不开学呢？他已经等不及出发了。

　　有一天，母亲出去买菜，居然很久都没回来。

　　他一个人在家左等右等，有些不耐烦了。

　　后来天色已晚，母亲终于回来了。他问母亲干吗去了，母亲却神秘地掏出了一样东西，是一台相机。

　　他不仅不开心，反而还差点崩溃掉，因为母亲手中拿的是一台非常老式的胶卷机。

轻得像是玩具一样，特别廉价。

他知道，母亲不怎么懂相机，这种相机，现在商场几乎都不再卖了。

他就问母亲是哪里买的。母亲支吾了半天，说是有商场做活动宣称是免费赠送，她就跑去抢了。她为了抢到这个相机，在烈日下足足等了两个小时。

结果抢到了却又要交钱，人家催得急，说机会不再来，她一急，还是交了钱。

只是她不知道，她交的钱足够买几台这样的相机。

在朱良的印象里，单亲的母亲在生活中一直精打细算，极少参与这类事情，小心谨慎不易上当，怎么这次居然会受骗？

母亲说了心里话。

她说，他就要去外地了，要是有了台相机，他就可以拍很多照片，寄回家里。快二十年了，这还是她第一次和他分开呢。

末了，她还傻傻地问，这台相机能用吧，还挺便宜的吧？你一定要多寄点照片回来啊。

那时的他，不仅没有感动，却因为她的傻和穷，而觉得有点丢脸。

他终于离开了家，去了广阔天地，当然也遇见了很多机会，不仅可以寄照片回家，还能定期和母亲视频通话。

可是，到了很久很久的后来，他却越来越怀念那台被他离家后就扔在一边，最后遗失了的老胶卷机，怀念这世上有一个人，会这样傻傻对他好。

他开始明白了，这个世界森罗万象，有时候总难免觉得孤独无助，就像漂泊在茫茫大海之上，只有脚底方寸还觉可靠，其他都是未知。

对于即将到来的一切，有时候总不免报以忧惧。

对于很早就失去了爱人，独自辛苦将他抚养长大的母亲来说，她给他的或许不多，但已是她的全部。

那些在卑微的生活里变得敏感、变得小心的人，他们的困顿可笑，从来都不是他们的错。

他们努力生活，求得温饱，并没有过优雅出场的机会，所以，也不懂得华丽待人。

而这些表面的事情，遮盖住了理应看清真相的眼睛，让人不明白，最闪光厚重的，从来都不是最新款的相机，而是单纯爱着一个人的那份心。

朱良希望，他明白得还不算太晚。


终这一生，我们都希望能有机会，纯粹地对一个人好，而别人也恰好纯粹地回应。

如果遇见那个人，希望能说出：

我们要一直在一起，就这样日出日落相伴生活，过好每一天每一分每一秒。

我就这样简单地爱你好不好？


也希望有人那一刻会温柔地回答说，这样就很好。

我给不了你要的 幸福

空欢喜
何必要感激

阿来:
就像他从未约过她，就像今天并不是她的生日，
也就像她心口的烈焰从未被大雪扑灭。

曾经，有一个女孩叫阿来，她喜欢上了一个画家。

画家很有才华，至少在阿来的心中这么认为。

她拍摄了很多画家的作品存在自己的手机里，在她和画家分道扬镳后，谈及画家的作品，她也如数家珍。

她活泼外向善于交际，很多时候，她帮着画家打理画廊。

这听着是一个郎才女貌天造地设的爱情故事。

但画家有一个毛病，他总是容易失约。

不知道是艺术家的不羁，还是他真的忘记了。有的时候，失约时连个电话通知也没有。

阿来很爱他，一次次地说服自己，原谅了他。

有一天，画家主动约了阿来，想与她共进晚餐。

阿来问，这次你会准时到吗？不会又不来了吧？

画家信誓旦旦地拍了拍胸脯：当然会来啊。

那好，阿来就定了一个时间。

还是不放心，她又问了一遍，你真的会来吗？

画家再次承诺了她，他说是的，我会来。


听到了肯定的回答，阿来的内心充满了欢喜。

她很在乎那天的相聚，于是很少穿裙子的她，专程去商场买了一条昂贵的裙子。

那天终于来了，她换上了新的裙子，还难得地化了妆。

到了黄昏，她准备出门了。

父母问她，今晚不在家吃饭了吗？

她说不了。

父母交换了会心的微笑。

他们是很开心的，女儿已经长大了，亭亭玉立，而且看样子有了心上人，还在约会。

于是双双默契地听之任之。

阿来去了饭店。

那个晚上，那样的高级餐厅，一对对丽人成双成对。

她独对着美丽的烛光一直在等。

天渐渐黑了下来，灯火初上。

她等的人却一直没有来。


她孑然一人形影相吊，而又是这样的盛装打扮，看着更加寥落，行人往来莫不多看几眼。她为他找了很多理由。

堵车？有事耽误了？

两个小时过得不紧不慢，摇摇欲坠的借口悉数崩塌。

侍应生来问了好几遍，顾客一个个地散去，可能也都在诧异，怎么这个女孩还一个人在这里。

她终于坐不住了，去了画家的画廊。


画廊开着，画家就在里面，和朋友在一起，谈笑风生，很开心的样子。

他没有生病，也没有急事，他就是忘记了。

她没有进去叫他，更没有给他打电话。

事实上，她固执地并不愿意打他的电话。

她一直希望，心里微弱地希望，他能遵守自己的诺言，能自己记起自己的诺言，能不需要任何人的提醒，记起这顿约好的晚餐，记起那个可能一直在等待他的人。

时间已经很晚了，画家一直没有想起来。


还有哪个地方可以去呢？还是回家吧。

回家的那段路，她握着手机流光了眼泪，一直在想啊，甚至下车后，进家门前的最后一刻还一直在想，如果这个时候，他来了电话，哪怕一个短信，她就马上原谅他。

就像这一切都没有发生，就像她从未有过坐立难安的等待，就像他从未约过她，就像今天并不是她的生日，也就像她心口的烈焰从未被大雪扑灭。

她回到了家，电话还是坏了一般静静的，他可能是真的忘记了吧。

还有什么比这更嘲讽呢？

她删掉了他的号码，再也没有和他往来。

那又怎么样呢？他不在意对她的承诺，那说明在他心里，她也是一样可有可无，一个可有可无的人的愤怒与爱，同样可有可无。

他甚至可能觉察不到她的愤怒，也觉察不到她的消失，他的生活就像湖水一样，不会因为一滴水的蒸发而略有不同。

他马上就能投入另一场游戏，照样有声有色。

而她呢？

不管原谅不原谅，一样的长夜痛哭辗转难眠，要花上很长的一段时间来治愈自己的伤疤。

爱一个人，往往容易营造幻觉，用各种理由情景去匹配他的行为，好让自己一厢情愿地认定这个人一定是爱我的，至少在他的心中我是不一样的。

可是不爱就是不爱，哪里又有什么不一样。

制造幻觉的人，更需要做的，可能就是认清现实，哪怕这样的现实，如此硌人，难以接受。

每个人的热忱，都如风中之烛摇曳生姿，经不起一次又一次的燃烧。

　　为别人燃烧太久，也未必点燃得了对方，反而会让人们忘了最需要温暖的，其实是自己。

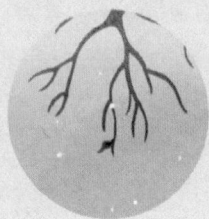

# 最浪漫的事

方辰信：
那场如同末日般的巨大雷暴和全城停电，
后来还上了中央新闻。
可是，她就算看到了，也联想不到他吧？

方辰信是个游戏高手。

古人云，术业有专攻，俗语说三百六十行行行出状元。

方辰信因为玩游戏厉害，报纸上还报道过他。他玩游戏的历史非常古老，可以追溯到那款最古老的火爆全国的游戏，他在里面曾是个风云人物，总排行榜上的高手。

每个服务器的人都知道他的鼎鼎大名。哦，也不能算是每个，除了一个服务器吧。

这是唯一的特例。


因为什么呢，很俗套的原因。曾经，在这个游戏里面，他认识过一个女生。

女生没什么特别，就是游戏里一个普通的小女生，那个时候他已经挺高级别了，但还算不上顶级大神，而她，还是一个初入门的小白。

她做任务做得很让人匪夷所思，一直被人砍，他看着好笑又觉得辛苦，就帮了她一把。

两人就这么熟悉了起来，聊得多了，就渐渐喜欢上了彼此。

至少在游戏里面是这样。

虽然那个时候，方辰信已经是高手，但他仍然想让她为自己感到骄傲。

男生真正喜欢上一个人，大多会做一些幼稚的事。

在游戏里唯一能让她骄傲的，不就是自己能呼风唤雨吗？于是他铆足劲地练级，为了她能引以为豪，他可以不眠不休，彻夜刷怪。

他觉得她一个人练级辛苦，还开了小号来陪她，这个传说中的游戏高手，又开始耐心从头做菜鸟任务，仅仅为了陪伴另外一个人。

那个时候游戏里面也可以结婚，他们俩就想在游戏里面结婚。

他允诺，帮派的兄弟们也起哄，决定要办一场自游戏开创以来最轰动的婚礼。


他们通知了每一个自己熟悉的人，每个人都提前精心准备了很多游戏里面的贺礼和结婚道具，他们很早就开始商讨当天的细节——那天，是他俩相识一周年纪念日。

作为这场盛况的唯一女主角，她当然也是很开心的。

虽然不过是一场游戏里的仪式罢了，但对他俩来说，却都跟真的一样。


可是到了那天，这场精心准备的婚礼没有结成，因为男生的小城里，一场突如其来的特大雷暴，令全城停电了。

一切太突然，而他太年轻，从来没有考虑过，任何一个备选方案。

他疯了一样顶着惊雷和齐膝深的城市积水，找遍了附近的好几个网吧，到处是黑灯瞎火，一切宛如末日。

眼看距离去月老登记的时间越来越近。

他想，那些通知到场的宾客应该都上线了，女生也必定上线了。

但是他上不了。

于是那天，能到的人都到了，万众期待之下，一开始信誓旦旦的新郎官却莫名缺席了。


那个晚上，整座小城都没有恢复供电。

他躺在宿舍冰冷的床上，一声不吭，整夜未眠。

第二天上午，终于有部分城区恢复了供电，他终于找到一处地方可以上网，上线的一刹那，女生的留言弹出来：我还以为，你是认真的。

她的头像是灰的。

从此以后，再也不曾亮起来。


他放弃了找她，说不清是为什么，觉得胸口闷痛，无法呼吸。

那场如同末日般的巨大雷暴和全城停电，后来还上了中央新闻。可是，她就算看到了，也联想不到他吧？

　　因为，那年他们还那么青涩，在游戏里的联系，仅限于那些心跳，那些忐忑，那些认真，那些甜蜜，那些挂念。

　　而真实世界里，他叫什么，住在哪里，她是哪里的人，竟然，都不曾交换过。


　　他后来再没有去过那个服务器。

　　于是后来的后来，他处成神，此处成伤。


　　却就这样，完成了一生中，最浪漫的事。

# 最骄傲的事

◆

云里：

这么多年，我潦倒的人生里，唯一值得骄傲的，
就是曾这么持之以恒地喜欢过你。

◆

云深和云里，年龄相差一岁。

云里从小礼貌懂事，一直叫她姐。

云姓本来就少见，两家的父亲幼时就相识，成年后又是一个单位，所以这么多年，总是很亲近。

小时候，云深和云里两人倒是紧密，长大了却生疏了起来。

近几年，几乎就是不大联系了。

所以收到云深的短信的时候，云里还挺惊讶的。

那天是大年夜，父母吃完年夜饭早早出去打麻将，只剩下他一个人在家里无聊地换着体育台，顺便刷刷乏味的群发短信。

他点开她的短信一看，却是，她说她就要结婚了，问他能不能来。

这么近当然是能的，他却忍不住开玩笑说，我才不去，去了还要给你包红包。

她回短信说小气鬼，手机便安静了。

他静静地在客厅坐着，一刹那天地都静了。

那些沉重的琐碎的复杂的都窸窣坠落，那些清净的美好的明亮的却缓缓地升了起来。

世界就像一个澄澈的水杯。

他想起了好多好多小时候的事情。

他突然发短信问她，姐，你还记得那年我寄给你的包裹吗？

她收到短信愣了一下，包裹？她是有印象的，好久了吧。

四年前，她刚离开上海在北京落脚，还很年轻，有着无限的新奇和精力。

有天傍晚，她突然接到一个陌生的座机号码打来的电话，没想到是云里。

说实话，他们真的很久没有联系了，久到听到他的名字第一反应会有点陌生。

他一向能说，在电话里有的没的说了很久，她却心里着急，刚化了妆准备抹甲油，盼了好久的派对快要来不及了。

她知道他刚去军队，离家万里，人生地疏，估计很孤单，但她还是狠心挂了电话。

有点不忍吧，但是也只能如此了。

各人都有各人的生活了。

记得挂断前他急急地说，姐，你以后给我打这个电话吧！

她说好，却因为工作生活种种原因，从来没有打过。

他却一直盼着。

刚去军队，纪律严明条件艰苦与世隔绝，时光像是倒退了三十年。

各种生活习惯都在艰难地调整着，一天最幸福的时刻，就是晚七点，部队集合，大家坐在电视机前一起看他曾经鄙视的新闻联播。

能和说得来的老友讲一通畅快的电话真的很难。


后来，他又给她打过一次电话，说给她寄了包裹，让她留意查收。她又应了声好，却一直没有收到，她想着要去邮局查的，可久而久之也就忘了。

现在想来，包裹可能寄丢了吧。不知道是谁收到，又不知遗失在哪里了。


他俩关系挺特别的，不像姐弟，更像朋友。

小学的时候别人知道他有个年纪相仿的姐姐，总是会忍不住取笑他，啊呀，云里，你和云深真是青梅竹马啊。

他总是认真地分辩，那时真的没有想那么多，她是他姐啊。

小时候他挺矮的，她比他高。

她的学习成绩总是那么好，问她什么她都懂。

父母总是在拿她和他比较，后来上了高中，差距远了，也就渐渐不提了，只是偶尔会说，你看你姐，以前你俩一样的起步，现在你呢。

他知道自己挺没用的，高中没怎么好好念书，整天玩游戏逃课打架。

但是看着学校橱窗里面红榜上的她，总还是很骄傲很自豪的，他也想像她一样，但不知道为什么，彼此的人生道路却越走越偏差。

所以，高中的时候，尽管他们俩在一个学校，知道他们的关系的人，却少之又少。

两人见面，也仅仅是点头之交。

两人都不约而同地遵守了这点默契。

他是为了面子，他害怕她也是。

大学志愿，她去了上海，而他去了省城，去那么远干什么呢，还要转车挤车真的好麻烦。

他看着她越走越远，像是去了另一个，新的世界。

以前心里会不是滋味，慢慢就不会了。

那种感觉就像是，有一天你终于知道，原来橱窗里面的东西你永远买不起，所以，也就算了。

在橱窗外面，我们还是可以过好我们的生活。


大学毕业后，他东奔西跑终究一事无成，一年后，因为送表妹去进修，他也去了上海。

上海很大，她总是忙到很晚。

他试探着问，你就没想过回去吗？

她瞪着眼睛看着他说，为什么要回去，你不懂，那里根本就没有我想要的生活。


他其实懂，那里也没有他想要的生活。

于是他说我支持你。

那天晚上，她睡着了，他坐在她床边的书桌前，玩着电脑。

她睡熟了，他偶尔看看她的脸。

那一刹那，像是回到了小时候。

他俩一起抢着玩万花筒，她说好漂亮，他就说送你了，反正我不喜欢。

只要你开心就好。

最骄傲的事

第二天，他要回去了，她太忙了没有时间送他。

他独自在小区门口等公交车，却坐反了车。

不管正反左右，这座城都兀自忙忙碌碌，车水马龙，他从来没有这么清晰地感觉到，什么是客。

就是这座城市这么大，却没有一丁点的位置是你的。


收了短信，点了过年的烟花，远近的小孩子都在寒露中拍手尖叫，父母也回来了。

旧的一年终究是过去了。

有些事情，过去了，却还是诸多不舍，留不得，留不住。


他躺在床上又想起那个包裹，厚厚的一摞包裹，时至今日，他还能清晰地记得里面的东西——好多封他写的信件、第一次射击掉落的弹壳、被队友挑衅打架留下的 X 光片、第一个获奖证书、陪他打发掉无聊时光的那本书、在军队的所有照片……

他寄出这些，是想告诉她：这些悲喜荣辱如金岁月，你不曾参与，但统统与你有关。

可是，他寄时情意千金，谁收到籍籍无名。


他青春的种种痕迹，就这么消失在时光的罅隙里。

或许这就是老天最好的安排与回答。

你要结婚了，我除了恭喜还是恭喜。

我想把这世间一切俗气的吉祥词语都赠与你。

我希望你幸福。

这么多年，我潦倒的人生里，唯一值得骄傲的，就是曾这么持之以恒地喜欢过你。

最骄傲的事

所有的相见恨晚
都是恰逢其时

◆

初夏：
可是，正如，桃花是三月的花事，
五月是菖蒲的天下，荷花是非在六月开不可的。

以前的时候，谁也不曾料到几年以后，初夏依然会是一个完满幸福的女孩子。

说料不到，是因为初夏人生幸福的配额，好像在二十七岁那年就已经全部用完了。

那个时候，大家都还是刚毕业没几年，每个月累死累活挣着两三千块钱的工资。刨去房租水电、衣食住行、人情往来，剩下的钱都得一分一毫算计着花。

在大家打牙祭还仅仅局限蹲在烟熏火燎的路边摊撸串儿的时候，初夏已经跟着名牌大学的博士男友出入高档餐厅了，而且都是这群初出学校的学生只可仰观不可近玩，只听其名不见其形，一看外观一听名字就透露出一种"我很贵我很贵我真的很贵"的饭店。

男朋友虽然还在搞研究做学术，但这么高学历出来肯定前途无量是不是，而且又是本市人，家底肯定也是有的。

最主要的是，大家聚在一起偷偷琢磨，长得也很不错啊。

两个人的恋情，听起来也纯白如童话一般。

两个人是一所大学的师兄妹，在老乡会上，一见钟情。

于是就顺理成章地在一起了，都是初恋，一恋就是八年。

两个人从来没有争执过，也没有毕业就分手的烦恼。

男友大四的时候，考了本校的研究生。男友研究生毕业的时候，初夏差不多也大四了，男友回老家的大学念博士，初夏想也没想就放弃了学校那边的工作机会，回到有他的城市重新开始。

两个人每天的生活，虽然轻描淡写却是清澈见底，好像一辈子也都会这么清澈地慢慢流过去。

男友念书，初夏工作，两个人有空的时候去看看房子，就等男朋友毕业差不多就可以结婚了。

那个时候，大家都觉得，所谓幸福也就不过如此了。

但一辈子写着就三个字，听着也是弹指间，过起来却很漫长。

没有熬过八年，模范男友，就出轨了。

据说，是在毕业那一年，他去某个研究所实习，研究所里刚好有一个可爱的女孩子。架不住女孩子的热烈攻势，他突然觉得好像爱情这个词要重新定义了。

人这一生，大概是要遇到很多诱惑的。

有的时候，我们也分不清楚，那些东西到底是人生的本意，还是仅仅是幻景。

后来呢，不说也罢，跟世间的一切分手模式大抵一样。

分手，和好，再分手，再和好，再分手……

循环往复，大半年的时间过去，那个曾经深情的男孩子，说了很多誓言的男孩子，以为要共度一生的男孩子，心里终于还是住进另外一个女孩子。

两个人都累了，他说了分手，她说好。

送走的不仅仅是一个人，还有一段曾经纯白赤诚的青春。

丧失的也不仅仅是一场爱情，还有对未来爱情和生活的所有信心。

那么幸福和完满的感情，好到大家都以为这一辈子再也不会有了，初夏也是。

一个二十七岁的女孩子，不是那么年轻了，毕竟，谁又敢相信，自己总是那个被上帝选中的女孩子呢？

但人生就是这么反转，为了帮初夏赶紧走出来，朋友和家里人帮初夏安排了很多相亲。这种相亲，不过是走马观花走走过场，但却真让初夏遇见了真命天子。

那男生竟然也是难得一见的十分优秀的男孩子，金融精英，前景广阔，家庭和睦，对初夏更是百分百上心。

不管是人品还是事业，都是初夏之前男友的绝对升级版。

遇见虽然晚了一点，却真正是最恰好的时机。

现在的初夏，已经嫁作此人妇，跟着他定居澳洲。

她有了一个可爱活泼的小女儿，有时候可以在她的朋友圈看见澳洲天空干净的蓝。

那场伤心痛骨的抛弃，那些辗转无眠的夜晚，都已渐渐模糊不再记起，就像上辈子的事情一般。

人生真的挺漫长的，有的时候我们觉得好像已经经历了很多事情，其实仔细想想，连人生的一半都没到呢。

而我们总是习惯把自己经历的，这短短的十几年、二三十年看成是自己的整个人生，于是觉得，那些失去的幸福永不再来，那些正在经历的黑暗永不会过去。

可是，正如，桃花是三月的花事，五月是菖蒲的天下，荷花是非在六月开不可的。

有些事情，永远不嫌迟，却也不会早。

万物消长，四季循环，昼夜交替其实也是人生的走向。

这一辈子，我们总是要吃一些苦头，看尽一些美好的。

而你在黑暗的时候，永远想不到，自己也会有花期，也想象不到，自己开花的样子会有多美。

其实，在黑暗以及霜雪的时候，不必哭泣，也不必忧伤。

我们唯一能做的就是，在蓝天之下，大地之上，感受着痛苦而又美妙的一切，安静地迎风生长，耐心地等待下一个春天。

# 还好我们
## 一直走在余生里

♦

方莱：

七年后的方莱，坐在火车上想永远离开陈燃的方莱，
看着窗外的雪花，眼睛里渐渐蓄满了泪水，
想，我怎么会舍得离开你呢。

那一年的春运，因为一场突如其来的大雪，变得格外拥挤。

全国各地的电视新闻都在报道各地火车站的运输情况，有拥堵，有停运，有买不到票的人，有投机取巧挤上车的人，也有候车室一直在等待的人。

方莱托黄牛买火车票的时候，就在想，要是买不到就算了吧，就当是天意，那就留在北京吧。

没想到无心插柳，黄牛竟然真的搞来了一张火车票，加价一百八十元，方莱还是要了下来。

火车一路北上，慢慢出京，再慢慢把偌大的京城甩在身后。经过十二个小时到沈阳，然后经过四个小时再到长春，还要穿过茫茫平原大小城镇，才能到达冰天雪地的哈尔滨。

到了哈尔滨，再往北走，转去齐齐哈尔。到了齐齐哈尔，方莱还需要换乘汽车，才能回到她的家乡。

那里，是她曾不顾一切为了投奔陈燃而放弃的地方。

她这次回去，就真的与陈燃遥遥千里了。


车内拥挤不堪，过道上挤满了人。

方莱的对面是两个人的位置，坐着一对夫妻。男人微胖身材，三十来岁，女人中等身材，与男人差不多年纪。

是茫茫人海中极其平凡的一对夫妇，平时在外赚钱打拼，过年回乡一家团聚，如大海里面的一滴海水。

凌晨三四点钟的时候，火车到了哈尔滨，预计停靠二十分钟。

男人听到报站，从蒙眬中清醒了过来，扯了扯女人的袖子。女人往外看看，不用男人说什么也站起身来。两个人跟着大包小包拥挤的旅客竟然就这么下了火车。

方莱想，这么冷的天，又是黑夜，下车做什么呢？

直到火车即将发动的时候，他们才又回到车里来，哈着白气搓着手却都高兴地笑着。

　　反正旅途无聊，方莱就和他们聊起天来。

　　原来，哈尔滨是他们相遇的地方，距离他们第一次在哈尔滨相识已经有十五个年头了。

　　这对夫妻也是北漂，他们在北京开了一家小小的早餐店。

　　每天四五点整座城市还在安睡的时候就得在寒冬起床，收拾准备推着餐车去马路边高楼下的餐点，从最初的一无所有，万般辛苦，竟也积攒下了一所小小的房子，和一辆不贵的车子。

　　女人说，当年她妈妈十分反对她跟他在一起，可是她笑着看向他，说幸好他一直坚持着。


　　即便这么冷的天，即便这样黑的夜晚，也想看看曾经相遇的地方，呼吸一下那时的空气。

　　想感谢一声啊，这座城市，那么善意地、温柔地、美好地把你带给了我，也把我带给了你。

　　从此我们的世界都不再一样。

那一刻，在乌烟瘴气的火车里，方莱的心里充满了温柔，也想起了陈燃。

方莱与陈燃第一次相遇也是在北方的城市里。

那个时候两个人都是学生，没什么钱，要么看电影，要么在咖啡馆看书，等到商店打烊城市安睡，他们也只能这样手牵着手，走在逐渐寒冷的深秋里。

有一次，咖啡馆打烊后，陈燃送方莱回学校，两个人都没有去赶最后的末班车，五公里的路，却想就那么走回去。

走到半路的时候，天突然飘起了雪花，说不清楚是因为突如其来的雪花还是因为意外来到我生命中的你，那个时候，我们都很开心也很孩子气，可是就是那样，也想一直在一起。

陈燃站在雪地里突然说，好想时间过得快一点啊。

方莱问为什么呢？

陈燃说，希望时间过得快一点，这样我们就可以认识很久很久了，也能在一起很久很久了，如果我们认识那样久，你一定不会轻易地选择离开我吧。

陈燃说，我会永远记住这个夜晚，你会不会呢？

七年后的方莱，坐在火车上想永远离开陈燃的方莱，看着窗外的雪花，眼睛里渐渐蓄满了泪水，想，我怎么会舍得离开你呢。

我怎么就突然忘记了那个夜晚呢？

有人在洪流中被冲散了，可也有人在洪流中紧紧地牵着双手，为什么我就这样松开了你的手呢？

方莱觉得自己好傻，差点弄丢了这二十七年来上帝给自己最好的礼物。

这个是很久以后，陈燃跟我讲的一个小小的故事。

他说那一年，他和方莱大吵了一架，原因是他没有和方莱商量，就换了一份工作，去了一家他觉得颇有前途的创业公司。

这座城市那么辛苦，他想尽快给方莱一个家。

因为是创业公司，薪水直接掉了一半。

本来就捉襟见肘的生活更加拮据起来。

可是，在这样大的城市里，那么多闪亮的橱窗和光鲜的人，拮据是多么的无所遁形和让人难堪呀。

幸福好像触手可及，可是怎么就是摸不到呢？

为了他放弃了小城的稳定工作，一起北漂六年的方莱终于爆发了。

她哭着说再也受不了总是要被人推着才能挤进去的地铁，再也受不了暖气总是似有似无的冰冷合租房，再也受不了日新月异攒钱总也攒不够的房价，受不了总是言而无信谎话连篇的中介，受不了鸡毛蒜皮斤斤计较的合租户，还有受不了她和陈燃总是遥遥无期的未来。

方莱买了火车票回了来的地方，留给陈燃一张字条，说再也不回来了，那就这样吧。

那一年，陈燃以为他的人生会永远失去方莱，那一年他也终于想要放弃他曾经坚持的一切。

可那一年，他终究还是等回了方莱。

很久以后方莱才告诉他，为什么她会回来。很久以后，他却不曾告诉方莱，如果你不回来，那么我一定会去找你的。

因为我那么那么喜欢你。


跟我讲这个故事的陈燃，那时初为人父。

他笨拙地在新居明净的厨房里面冲泡奶粉，讲的时候他神色平静，眼睛却微微湿润。初春的阳光打在窗户上，窗帘上是新开的桃花的剪影。

有的时候他会慢下动作，看看卧室的方向，那里，方莱和孩子正在熟睡。


有时候看着你熟睡的容颜，有时候看着你开心的笑脸，有时候牵着你的手，有时候感觉到你在我身边的温度，有时候什么也不做就那么突然想起你。

那个时候，我都想赶紧与你一起老去。


有的时候，我觉得世界太大了，有的时候我又怕我给你的世界太小了。

有的时候，我看见你眉头皱了；有的时候，我看见你突然沉思；有的时候，你不说话了；有的时候，你在走神。

那个时候，我都想赶紧与你一起老去。

我希望和你一步步一直走着，我希望你的手一直握在我的手心里，我希望只要我转身的时候就可以拥抱到你，我希望你永远不要流泪，我希望如果你流泪能擦去你泪水的人，只能是我，只能是我。

我希望我难过的时候，你在这里；我希望我想要流泪的时候，你也在这里。

我希望很多年以后，我也可以对你说一句，还好我们当年坚持着，还好我们竟然没有走散，还好我们可以一直走在余生里。

还好我们一直
走在余生里

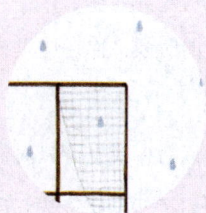

# 在很久很久以前

◆

霓晨：

霓晨这才知道，原来，遇见的那一年，
他曾经是真的给自己画过画的。
画里的女孩，就这样永远活在了那张画里。

—\

收到林朗的信息的时候，薛霓晨刚搬完家，正在监督家政阿姨打扫房间。

阿姨磨磨蹭蹭地忙活了半天，还没弄完一个卫生间。

霓晨没办法，进去和阿姨交涉。

你已经做了三个小时了，卫生间都还没弄完！这还只是明面的地方，洗衣机后面，马桶后面你都没擦！这个房间这么小，不管你做几个小时，我的预算只有两百块，要是觉得不划算我也只能另外请人了！

阿姨听了，低声嘟哝抱怨了几句，动作明显快了起来。

霓晨郁结，而林朗的消息就是这个时候进来的。

霓晨打开手机，看到微信对话框里那个好久没有出现过的头像又冒了上来。

感觉世界一下就安静了。

她点开一看，里面是一张图片，他拍的一幅画。

白纸上用铅笔素描了一个短发的女孩子。

瘦骨伶仃的，锁骨高高地耸起，一双大眼睛斜下来看着，像很多中二病少女那样，全是不屑与无谓，脖子上戴着过时的哥特项链，好一副酷帅狂霸拽的样子。

她想了想，把这照片 po 到了朋友圈里面。

不一会儿就收到好几条留言。

朋友纷纷评论：

你画的？

这是谁？

你什么时候会画画啦？

……

那些认识或三年五年的朋友，没有一个看出，这个人原来是她。

她其实也记不大清楚了，来到上海以前的照片，她统统封存起来，很久不再看了。

一头不染不烫的黑直长发也留了五年。

曾经那样迎风奔跑凌乱短发飘飘的日子，就好像是上辈子一般。

真的挺可笑的。

她又回复林朗，我擦，这照片上的 SB 是谁啊。

林朗：……

👉二、

认识林朗，已经快十个年头了。

那个时候，她和韦从正谈着恋爱。

大四第二个学期，两个人已经开始实习了，一个在城东一个在城西。

韦从家底好，被家人安排进一所高校混日子，每天的工作就是看看球赛斗斗地主。

她则借着某师姐的关系进了一家报社。

每天忙得蓬头垢面面无人色，两人打算趁着"五一"长假去阳朔玩。


她说，韦从你一定要记得做一下攻略啊。

韦从嗯嗯啊啊地答应着。

结果，到了出行那一天，她和韦从碰面，她问韦从，攻略呢？

韦从说哎呀忘记做了。

霓晨一下子就火烧起来了，劈头盖脸地抢着包打了韦从一顿。

老娘忙得每天脚不沾地，让你做下攻略你都忘记。你姓什么你还记得吗？！

你看看这是什么？

霓晨从包里掏出打印好的攻略扔了韦从一脸。

她的眼泪滚滚地下来了。

她说，我就知道你不会弄，我早就弄好了。你别去了，

在很久很久以前

我告诉你，我今天把你给踹了，你给我滚。

霓晨对韦从得过且过含含糊糊过日子的性格早就不满，积怨已深。

她擦着眼泪果真自己爬上了去阳朔的火车。

上了火车才后知后觉地郁闷心疼了，啊呀，辛苦做的攻略全扔韦从身上了。

到桂林的时候夜已经很深了，偏偏到阳朔的大巴半天凑不足人，又在车上等了两个小时。

好不容易到了阳朔，霓晨已经累得快与世长辞了，只想赶紧找个酒店休息。

谁知道恰逢"五一"，家家客栈酒店人满为患。

不是不好意思没房了，就是对不起客满了。

霓晨来来回回走在黑灯瞎火的大街上，六神无主，差点哭了起来。

都怪韦从，要不是他没做攻略，她也不会生气，要是她不生气，她也不会一个人来这里了……

她在心里又问候了韦从 365 次。

她知道"五一"人多，但没想到祖国大地这么一个小小角落，人居然多成这个样子。

只能说当年真是 too young too simple (太年轻太简单) 啊。

霓晨转了几圈，准备找个麦当劳凑合凑合一晚，忽然听到有人喊喂。

她扭头一看，只见前方路灯下站着一个男孩子，旁边架着一辆山地车。他戴着帽子，看不大清楚脸，却能感觉到眉目清朗，鼻子俊秀，颇为好看。

她没答应，就看着他。

他笑了笑，又说，你是不是要找房子住？我知道哪儿有。

霓晨当时的心情简直像放了五彩礼花，砰的一声，全是缤纷色彩。比中了彩票还开心。

她破涕为笑地说嗯哪，你怎么知道？

男孩子笑了笑，你带着行李嘛。


他拍拍后座说你上来，我带你去。

霓晨赶紧坐了上去，走了半天，脚跟灌了铅一样，突然不用走路，真的是美妙极了。

她倒不怕男孩子是坏人，小城到处都是路灯，还是挺明亮的。

男孩子带着她在古城里左转右转，像是挺熟悉的样子。

霓晨也没有和他搭话，只是紧紧地盯着路况。想万一，万一他不安好心，她总还记得路。

车子继续往前行驶，眼看着就要钻进一个施工地。

霓晨一下子跳了下来，你不会是要劫财劫色吧!

男孩子噗地笑了。

好吧，那你自己走进去，过了那个施工棚地，前面一拐就是一家青年旅社。

霓晨狐疑地看着他，那我怎么敢？还是你带我过去吧。

说完想想又上了车，男孩子继续带着她晃晃悠悠地进了棚地，大概只走了二十来米，就从另一边出来了。

再往前一拐，灯火明亮柳暗花明，真的是一家青年旅社哎。

霓晨兴奋地蹦下来，说真的真的，居然真的是一家青年旅社呢!

男孩子：……

旅社刚好还剩下一间房，美其名曰岩洞房，顾名思义其实就是挨着岩壁的房间，暗无天日，且潮湿阴暗。

但，总有个落脚地，霓晨已经千恩万谢了。

更何况因为老板跟男孩子认识，还给她打了个折扣，一共才两百多点。

在涨价为患的黄金周，这个价格很良心了。

第二天，一觉醒来，已经是下午三点……头天晚上信誓旦旦明天一早就起先游小城再去漓江的豪言壮志都是个屁。

她从箱子里翻出一件黑色紧身短裙穿上，又拿出一架复古圆眼镜，也不戴，就架在头顶装装样子，然后嘚瑟着出门了。

才出客栈的大门，就看到昨天载她来的男孩子正靠在一棵大树下抽烟。

他看了她一眼，她却故意目不斜视地走了过去，快进巷口的时候，她悄悄回了回头，却发现他已经不在了。

说不清为什么，心情却一下子 down（低落）了下去。

在很久很久以前

### 三、

韦从到底还算有良心，昨天就跟了过来，到桂林的时候太晚，已经没有车来阳朔。

他一大早才从桂林赶过来。

霓晨当时还在睡觉，韦从只能坐在汽车站附近干等。

韦从其实对旅行一点兴趣都没有，最开心的事情，只是因为霓晨在身边。

看到霓晨气鼓鼓地走了过来，韦从一下子云开雾散，赶紧跑过去道歉求饶。

他拉过霓晨的手臂，食指和中指弯曲扣在霓晨的手臂上，模仿跪着走路的样子说：亲爱的，别生气了，你看我都跪下来了。求求你了，大美女，我错了。待会儿去逛街，买买买，吃吃吃，拍拍拍，包在我身上。

霓晨气得笑了起来，又揍了他一顿，到底原谅了他。

韦从对她也挺好的，虽然有时候懒怠了一点，对她真的是千依百顺的。


两个人在古城逛了一天。

吃了啤酒鱼，嗯，好吃。

吃了桂林米粉，嗯，好吃。

又吃了鱼干锅，嗯，好吃死了。

霓晨还买了一条波西米亚的裙子，配了一条金咖色的流苏，绑在头上俏皮得像只蝴蝶。

她把衣服换好走出来，韦从凑了过来悄悄在耳边嬉笑说，真好看，我老婆真好看。

霓晨看着镜子里亭亭袅袅的少女，不知为何，却有点郁郁的低落感。

那一刻，她惊讶地发现，自己此时希望第一个看到且站在身边夸奖她的人，竟然不是韦从。


晚上回旅社的时候，韦从一路碎碎念个不停：这地方这么远、这么破，你怎么找到的？我老婆怎么能住这种地方？换，赶紧换！

不说还好，一说霓晨又生气了。

是啊又破又远，都怪我自己攻略做不好，酒店不会订，这么蠢，你要我干吗，找你的高智商去，找你的博士后去……

赶紧滚。

韦从便识相地不说话了。


那天晚上的旅社热闹非凡，没出去的客人都出来了，一起聚在院子里面烧火唱歌。

韦从倒是爱死了这种场合，迅速跑过去称兄道弟了。

但其实他哪里也没有去过，于是只能跟着大家天南海北地胡吹，要么别人说的时候左一句牛×又一句厉害地赞美。

霓晨觉得他那样特傻，于是跑去大厅里面自己玩。

大厅里却一个人都没有，前台空空的。

霓晨走上前一看，发现客人登记信息表就铺在桌面上。


她咬了咬手指头，最终凑过身去悄悄地翻了翻。

翻来翻去，又不知所谓。

那一刻她才知道，原来她只是想翻一个人的名字、姓氏，还有电话号码……

她突然被自己的小心思吓到了，却听到吧台后面有人轻笑，你要找我的名字吗？

接着有人端着杯子转了出来，是那天那个男孩子。

她脸红了，却嘴硬，谁要找你的名字，我早知道你叫什么了。

他挑了挑眉毛，说：哦？那我叫什么啊？

霓晨故意大大咧咧地坐下，说：叫傻×呗，还能叫什么。

男孩子说你怎么能骂人呢？

说着他埋下了头，不知道在捣鼓什么。

霓晨却有点紧张了。

他不会生气了吧，她平时不是这样的，不知道为什么，遇到他就不能淡定。

她咬着唇看着他，乱七八糟地想着，心里有一些懊恼自己的没轻没重。

就在她胡思乱想的时候，男孩子突然抬起头来，举着一直在捣鼓的杯子递到她眼前。

终于弄好了，来，便宜你了。

那是一杯明亮的、鲜艳的、美丽的、橙色的饮料，上面浮着白色的泡沫，边沿插着橙子皮挑起的一瓣橙子果肉。

原来他没有生气，原来还有饮料喝。


她的心一下子甜了起来，她仰着头问他，这叫什么？

他笑了笑，说这杯酒啊！他停顿了一会儿卖了个关子才慢吞吞地说，叫"你很可爱"。

什么嘛，霓晨说，叫"你有病"才行。

说完霓晨嘿嘿地笑了。

你才知道我可爱啊？哎不对，一个女孩子丑，才被人说可爱，你必须说我很美丽！


男孩子笑了笑，又递给她一个三角杯，这次什么颜色也没有，透明的，里面有一颗滚圆的糯白的荔枝。

他说：这才叫"你很美丽"。

霓晨又问，那还有没有叫"你很聪明"的？

好啦。他抢过她的杯子，看着她说：你不能再喝了，再喝就要醉了。

他的眼睛在昏黄的灯下像是琥珀一般，温柔又美丽，鼻子像是最好看的希腊雕塑。白色的衬衣在窗外的月光映衬下像是泛着冷冷的光辉。


她想，也许自己真有点醉了。

她说你可不可以告诉我你的名字？

他慢条斯理地擦着杯子，他的手真好看。

我叫林朗，我知道你叫霓晨。

她喊了一声，并没有多好听啊。

他说好吧，没有多好听，但想让你知道，可以吗。

霓晨满意了，说这还差不多。


四、

第二天，霓晨起了个大早，准备去遇龙河漂流。

但是韦从昨晚玩得太晚，怎么也推不醒，在房间里睡得天昏地暗。

霓晨踹了他两脚，最后噙着眼泪出了房门。

她坐在大厅里面擦眼泪，一边骂韦从，一边等旅社的小哥过来租一辆自行车，准备自己去。

小哥过来好笑地看着她，说你等等。

一会儿，小哥没来，林朗却来了。


霓晨赶紧擦了擦眼泪。

林朗笑了笑出了大厅，然后站在门外，边开自行车锁，边说你还不过来？

霓晨泪眼迷蒙地看着他，兀自不明白。

林朗说难不成你想一个人去？有个帅哥陪你去还不好？

林朗开了一架双人的单车，霓晨不满意了，说不行我也要骑。

林朗说，你这么长的裙子怎么方便，路很远的，这样吧，你在后面想骑就骑，不想骑就休息。实在想骑，我也可以让你在前面。

霓晨高兴地跳了起来，说你太好了。


路程果然挺远的，好在天气比较凉爽，霓晨就坐在后面有一搭没一搭地和他聊天。

千山万水，万水千山，白露朝阳，朝阳白露，路长水长，水长路长。

那真的是霓晨从来没有听过见过的世界。

原来，真的有这种人，可以骑车日晒雨淋风餐露宿连续几个月都在路上，只为了喀纳斯的清泉西藏的雪山，满洲里的草甸托斯卡纳的艳阳。


霓晨问，那你路上有没有艳遇啊，人家不都说路上会有很多艳遇吗？

林朗说，是啊可多了，北欧的女孩子皮肤又白腿又长，性格又奔放。

霓晨的心像是鼓胀的气球被一下子戳破了，她垂头丧气，不再搭腔。

林朗好笑地说，不过，都没有中国的女孩子漂亮。

霓晨的眼睛又亮了起来。

真的吗真的吗？你遇见的中国女孩比我漂亮的多吗？

大概是怕答案尴尬了自己，她飞快地自问自答：肯定没有！比我漂亮的没有我有趣，比我有趣漂亮的一定没有我能吃辣！

林朗就笑着不说话。


林朗并没有带她去遇龙河，而是带她去了比较远的，一条更为清澈、偏僻、隐秘、美丽的河流。

到了河边，水草丰茂，清可见底，鱼儿游来游去煞是可爱。

霓晨又高兴了。

但船夫很久还没来，霓晨高兴了一会儿就发脾气了。

林朗笑着从包里拿出一本书：你坐着休息一会儿吧。

霓晨接过来一看，是一本外文书，都是些什么鬼，单词她一个都不认识。

便不客气地把书放在地上垫着，靠着树干不一会儿就迷迷糊糊睡着了。


隐约只感觉到，有一条毯子轻轻地盖在她的身上，上面有清新的肥皂的香味，还有一种特别特别好闻，让她非常想掉眼泪的味道。

她醒来后才发现那是林朗的衬衣。

日头高高，船夫来了又去去了又来，终于等到她醒来。

她忙不迭地给林朗道歉。

林朗笑了笑说没关系，没看到日出有点可惜，不过，我以前在这里拍过照，回头发给你，你就可以假装是你看到的拍到的。

霓晨本来应该很开心的，可是不知道为什么，那一刻，她却觉得那样难过。

很久很久以后，她才发现。

那么难过是有原因的，或许是那时便隐隐知道，彩云易散琉璃脆，大都好物不坚牢。

林朗终究会走的。她也不可能一辈子在这里。

她眨眨眼睛看看青山绿水情堪入画。

这个地方在她的心里，终究是改变了。

以后，这一辈子，阳朔会成为一个她不能提及的秘密，不敢再来的地方。

林朗走的那一天，她哪里也没去，把自己关在房里什么话也不说。

韦从本来就哪里也不想去的，外面太阳又大，他就窝在房间里逗霓晨开心。

一连问了很多声，老婆你怎么生气了？是不是我哪里做错了？那天真的喝多了起不来，你打我吧，打我能消消气吗？

霓晨不听。

他又抓起床头的毛绒玩偶，表演起蹩脚的玩偶剧。

这个玩偶说，前面有个美女生气了。那个玩偶说，一看就是你惹的，看我不打死你。

于是两个玩偶就缠绵悱恻地打了起来。


霓晨抓起玩偶扔他脸上，吼了一句你怎么这么幼稚啊，把他推了出去，然后砰的一声把门反锁了。

门外安安静静的，屋内更是静寂无声。

霓晨在房间里坐了一会儿，焦躁地打开手机，一条短信都没有，她咬咬牙打开门，想出去看看林朗到底走没走。

一开门就发现韦从站在太阳底下，满脸全是汗水，一见她出来，立马露出白白的牙齿笑了起来。

我就知道我老婆心疼我，舍不得晾我太久。

霓晨也真的心疼了，她的心里像被撕裂了一个大洞，特别特别疼，却不知道在疼谁。她在阳光下站着，失魂落魄地哭了。

🍂五\

假期很快就结束了，回到小城的第二天，就要上班了。

这座熟悉的城市却像是一下子陌生了一样。

日子一天慢过一天，晃晃悠悠好不容易熬到了仲夏。

那天晚上加班的时候，霓晨把 QQ 开着，突然弹出了邮件提醒。

是一个陌生的号码，她打开邮件一看，是一个文件包，以及寥寥几句话：

终于回到上海了，赶紧找了说好的日出照片给你。幸好还在。

霓晨手忙脚乱地打开文件包，青山隐隐，红日氤氲，朦胧一片，正是那天他们漂流的地方。

她再也骗不过自己，伏在桌上哭了。

她回邮件说，我过几天要去上海玩，可不可以见见你？

林朗立刻加了她的 QQ 说，好啊，我请你吃饭。

第二天一大早，霓晨就去跟领导请假。

领导装作听不懂的样子，说哎呀人手不够啊，这阵子很忙的，这么突然，你又要请三天⋯⋯

霓晨把工牌一扔，好吧，不为难你了，我不干了。

霓晨骗韦从说是去上海看老同学。

到了上海的时候，林朗没有来接她，跟她约了在徐家汇地铁口见面。

这是霓晨第二次来上海。

以前她和韦从一起来的，韦从有钱，两个人都是直接打车。她还是第一次坐地铁呢，她在自助买票机上研究了好久也不知道怎么买，后面的阿姨等不及了，说了句侬够好了伐，伐买票，就酿吾马伐（你搞好了吗？不买票，就让我买吧）。

她的脸涨得通红，好在旁边有个女大学生凑过来帮她买了票。

然后就是安检过闸口，她总怕那个闸口会夹到她。

到了徐家汇地铁口，林朗还没有到。

她等了一会儿，才听到身后有匆忙的脚步声，她转过头来，果然是林朗。

他穿着黑衣黑裤，却更显得清俊好看。

两个人一起上了地铁，她侧着头悄悄看他，他今天还认真抓了头发呢，难怪迟到了，她悄悄觉得好笑。

林朗带她去了他们的学校，还有寝室。

霓晨说：你们研究生的寝室真好啊。饮水机、电视、洗衣机什么都有……

林朗说：都是我自己买的……

霓晨好奇地左看右看，却看到林朗桌上有好几张素描速写。

她说哇你还会画画啊！

林朗说简单学过一些。

那你给我画一张吧，我今天生日……

霓晨信口开河。

林朗不上当，说：对啊，你今天生日，八十大寿。

霓晨不高兴了，说你到底画不画。

边说边掐他的手臂……慢慢用力……再旋转……

林朗吃痛：算你狠……


晚上的时候，林朗送她回酒店。

他俩在学校门口等校车，校车上坐着好些个他们学校的女孩子，穿着入时，妆容精致，格外时尚。

霓晨低头看了看自己夸张的缀满了流苏的衣服，第一次觉得有点土，怀疑起自己的眼光来。

晚上回酒店后，她又悄悄地下楼来，在酒店附近找了一家化妆品店，买了一盒睫毛膏和口红。

第二天，林朗来接她，她胆怯地走下来，仰着头看林朗。

林朗噗地笑了，伸手在她脑门上弹了一下。

学什么不好，学人家化妆，睫毛上的苍蝇腿是怎么回事？

霓晨哭丧着声音说不可能吧。

她赶紧从包里掏出镜子一看，只看了一眼，就把镜子给扔了。

可不是？房间里灯比较暗，她刷来刷去都没看出什么效果，便狠心又刷了厚厚一层。

她赶紧捂住自己的脸，哭着说，你什么都没看到……

这一哭又把睫毛膏冲得脸上到处都是……

林朗掏出纸巾想把她的手拿开，她死活不松手。

林朗就说那你自己擦擦好不好。她哭着点点头，背过身去，慢慢地擦着脸上乌漆墨黑的睫毛膏。

擦完了以后，林朗捡起地上的镜子递给她。

霓晨慢慢睁开眼，对着镜子一看，那些浓墨重彩的痕迹终于没有了，又是干干净净的一张青春脸。

心里终于轻松了一点。

但她还是不敢抬起头，她觉得这次把脸都丢光了。

林朗伸手温柔地抬起她的下巴，在她眼睛上轻轻地亲了一下。

他低声说，你别怕，这是我这辈子看到的最漂亮的眼睛。

霓晨睫毛颤颤巍巍地动了几下，又滚落了一串泪珠。

差一点，就差一点，我以为这辈子永远见不到你了……

霓晨又哭又笑地对林朗说：还好我脸皮厚，以后，你脸皮也要再厚一点。


林朗带着霓晨去了很多地方。

洋泾浜、甜爱路，还有丁香花园……梧桐树叶沙沙地响着，空气湿漉漉的。

霓晨的心被甜蜜胀得满满的。

人生就是有新的希望呀，会好起来，更好起来。

会美丽着，更美丽下去。


她那么确信，身边站着的，是她这一辈子、下一辈子、下下一辈子，再也不可能更更更喜欢的人。

她二十年来，能及格的科目不是很多，四级考不过，物理还考过 16 分，但是人生这门课，她好像及格了。

如果人生是一道阅读理解。那么，她已经认真看了长长的过程，走了长长的路，她思考了自己为什么会来到这个世界，为什么会去到阳朔，又为什么来到了上海。

她终于明白自己人生的意义到底是什么。


## 六 \

霓晨回到小城就找韦从。

她和韦从刚进入大学就在一起了，毕业的时候整个学院的情侣一片哀号，只有他俩的感情稳如泰山，他们互相搭着肩，像兄弟一样一边吸着可乐抽着烟一边吐槽说这帮愚蠢的人类啊。

那一班的同学情侣，就剩他俩硕果仅存。

大家都说，他俩是班里的重点保护动物，一定会长长久久到老。

因为；即便霓晨爱折腾，那也从来抵不过韦从的死缠烂打。

霓晨和韦从把一顿饭都吃完了，她却还没想到要怎么开口，她不忍伤害韦从。

在等车的时候，她看着滚滚的车流，来来去去面目模糊的人群，突然就下定了狠心。

这么多人，这么大的城市，没有林朗，好像就是黑白的一样。

她突然冒出了一句，韦从我们分手吧。

韦从装作听不懂的样子，继而干笑一声：哈哈，你开玩笑的吧。

霓晨却很敏锐地捕捉到一丝慌乱和无助的神色在韦从的眼里飞快地掠过。

她知道了，他明明听到了听懂了，但他在害怕。

那么高大的男孩子，被家里人娇惯得那么单纯善良、人畜无害，认识这么多年，眼里第一次有了恐惧。

霓晨无法继续把绝情的话说出口，只好说，是啊我开玩笑的。

她的心里明明很难很难过，却不知道该怎么办。

韦从嘻嘻地笑着，说：老婆你最好了，我们可是要一辈子的。


后来韦从和她讲，我们吵架那么多次，每次你说分手我都没有当真。因为我知道，你是在开玩笑。

只有那一次，你那么轻描淡写，我却知道你是认真的。

兵败如山倒，我再也挽回不了。


韦从此后好长一段时间，没有找她。

直到霓晨生日的时候，韦从又冒出头来。他送了她一套铂金的首饰。

霓晨看了看，把东西又推了回去。

她不看韦从，低着头说这个礼物太贵了。

韦从生气了，你为什么不收我的东西，你以前都收的，你是不是想和我划清界限？

霓晨无话可说，木着脸硬着头皮说是的。

韦从茫然四顾，凌乱地左右看着，说我没听到就是没听到。为什么还要分手呢？你对得起我吗，你对得起我妈吗？

韦从是单亲家庭的孩子，他的妈妈一直很惯着他，因为韦从喜欢霓晨，所以韦从妈妈便也极其喜欢霓晨。

他提到他妈妈，霓晨心里就梗着疼痛了一阵，她咬着牙说对不起。

韦从使出了惯用的撒泼手段。

他先是打开了窗户要跳楼，然后是开了煤气想自杀，最后从厨房拿出了一把水果刀，比着自己的手腕划了一刀。

他像个受了伤的小孩儿一样大喊：你敢和我分开，我就去死！

霓晨二话不说，掏起桌上的剪刀唰唰唰地在自己的手上连划了三下，鲜血汩汩而出。

这是他们相识以来的第一次，她那么疯狂、不管不顾、不被他吓到，她哭着说，韦从，这一次，我去死！

韦从吓得哭了，他说你厉害，你赢了。

他又说我知道是林朗，我在阳朔的时候就知道了，上次你去上海也是找他。

你根本不知道，他这样的人，交往过多少女孩子。你和他根本不会长久。

霓晨，我什么都能给你，他什么都给不了你，你怎么这么傻。

霓晨，我不是不让你去喜欢别人，我只是担心你被骗，对方给不了你想要的幸福。

他细细碎碎地念着，听在霓晨的耳朵里，像是空谷回荡的音。

那天，韦从把霓晨送到医院后，再也没有来过。

后来，韦从的妈妈又打电话给霓晨，她在电话里哭着对霓晨说：我知道感情的事勉强不来，也知道韦从任性不成熟，可是，你能不能原谅他是一个没有爸爸的孩子？我只想多宠爱他一点。我看不了他这么难过，你真的没法和他在一起了吗？

霓晨也哭了，她说阿姨真的对不起。

## 七、

也算是韦从一语成谶，或者是老天惩罚霓晨。

谁让霓晨和韦从在一起的时候喜欢上了林朗，谁又让霓晨伤韦从伤得那么深。

霓晨和林朗在一起只有一年就分手了。

他们终究是两个世界的人。

原本霓晨想，等林朗研究生毕业她就去上海，谁料到，林朗研究生毕业后，却准备自己出国。

上海霓晨可以追他而去，但是美国，霓晨去不了。

林朗和霓晨说分手，他说，要么你就等我回国。

霓晨破口大骂，你当我是傻 × 啊……

林朗说，霓晨你怎么那么傻呢，难道谈恋爱，就一定要一辈子吗？

霓晨想，她和韦从不就是一开始约定要一辈子吗？

霓晨又想，不对，虽然说好一辈子，但她不是也中途撤了吗？

可是这又怎么能一样呢，至少那时和韦从在一起，她是真的想过要一辈子的呀。

她又想，或许林朗和她在一起时，也是真的想过呢？

想来想去她都想不明白，最后只能簌簌地掉着眼泪。


她知道和林朗不是一个世界的人。

林朗学的经济，她却对数字一窍不通；林朗家是书香门第，她只是小门小户。

可是，这些以前和韦从在一起时，怎么就从来没有想过呢？

记得在一起后的那个夏天，林朗和家人去郊区的别墅度假。

霓晨实在是太想念林朗，便请假也和林朗一家一起去了。

别墅坐落在杭州的郊区，温泉美墅绿林幽竹。

据说，那是林爸爸送给林妈妈的生日礼物。

那一次，她也见到了林朗的爸爸妈妈，他们对她不过分热情也不过分冷漠，友好却恰到好处地招待着。

霓晨隐隐觉得有些低落，却又想不明白为什么。

后来告别的时候，林朗要给她车费回去，霓晨却执拗着不要，林朗执意要给，霓晨执意不要。

以前，霓晨和韦从在一起的时候，总是会打着骂着：韦从你怎么还不去办啊韦从你怎么还不去买啊韦从你真是懒死了。

可是，当林朗主动给她安排一切的时候，她却不要了。

后来她想，她跟韦从在一起的时候，她的心情，大概是平等的。而跟林朗在一起的时候，她是自卑的、仰望的。

爱情里，以仰望姿态存在的那一方，注定有些寂寞。

然而，她是一个不愿意活得寂寞的人。


林朗那样美丽的人生，她确实见到了，却用了全身的力气，去证明这些不是她的。

这一辈子也好，一生也罢，霓晨的是霓晨的，林朗的是林朗的。

霓晨想着陪他一生，林朗想着陪她一程。

而他的父母，早就看穿了这一点。所以不着急，不紧张。

## 八、

就算想明白了这一切，但霓晨终究抵不过心里的执拗与悲伤，她想：不就是美国吗？他可以去，她也可以的，只要有决心，只要有着一腔孤勇，只要她不放手。

她开始每天上下班都用力背单词，可是总也记不住。

有时半夜的月亮是那么的凉，她背着单词，咬牙不睡，眼泪却突然成串地淌。

单词没能背下多少，林朗却要起飞了。


她去了上海，在酒店里，霓晨本来是打定主意要给林朗友好送行的。

她想，他走了，可是她依然要是那个漂亮的、高傲的、谁也不在乎的薛霓晨。

薛霓晨还这么美，就不信找不到比林朗更美好的男孩子。

她坐在大厅里等林朗，给自己打气，可林朗左也不来右也不来。

不知道等了多久，等得好像世界已经走到了尽头，她的眼前一暗，抬起头，林朗就站在她的面前。

那一刻，所有的豪言都自动消失了。

她只会眼睛一眨不眨地傻傻地痴痴地看着他，然后紧紧地一把抱住他。好像她一松手他就要消失了一般。

林朗摸摸她的头说了句傻孩子。

那一瞬间，霓晨眼里就弥漫上了汹涌的水雾。


就像曾经韦从对她说的那句一样，这一次，是她输了。

爱情之所以万变，大概就在于它的不可捉摸和霸横无礼。什么明白道理都摆在那里，然而一切标准都会因人而变。

遇对是缘，遇错是劫。


他们手牵手进入房间里。

本来一切都是好好的，霓晨却无法自控，句句不离林朗下周就要走的事情。

她知道，他这一走，就是永别了。

是她和他之间这一生的缘的永别。

就像从此都活在这世上，但命运中唯一重合过的一段，却再不会来。

那是一块大石头压在薛霓晨的心上，她快喘不过气了。

她不断地在心里冲自己大吼，霓晨大方一点、妥帖一点、淡定一点、美好一点！就像他的同学、姐妹那样，有着良好的家世和教养，言行举止得宜，微笑祝福他！

但是没有用。

她那么绝望而清楚地看到，那些曾经让她引以为傲的亭亭的野性，那些张牙舞爪乱生的率真，在这一刻，都变成了笑话。

她甚至像一个可笑的妇人一样异想天开地问他：林朗，如果我怀孕了，你是不是就不会走了？

林朗真的有点生气了，他严肃地说：你再这样，我们就不要再见面了。

他转身真的想走。

那一瞬间，霓晨心脏都停止了跳动，她茫然四顾，这才发现，这房间里，没有一样，真的就没有一样是林朗的东西。

原来他们的缘分，浅得留不下一道可辨的痕迹。

他说走了，也就这么走了，就跟他完全没有来过一样。

她甚至没有想好怎么面对一周后的离别呢，可是，这离别生生提前到了现在。

意识到这一点，霓晨仿佛被悲伤碎裂为齑粉，她疯了。

她在房间里毫无形象地号啕大哭。

她从包里掏出一把小刀，比在手腕上，说林朗你走试试看，你走了我也不活了。

她看到手腕上逼韦从走的时候，划的那三刀，现在还留着新鲜的疤痕。

啊，她薛霓晨，原来是这么悲哀的人啊。

这辈子，她竟然为男人伤害了自己两次。

一次是韦从，一次是林朗。

一次是爱她的人，一次是她爱的人。

一次是这辈子再也找不到比他更爱她的人，一次是她这辈子再也找不到比他更让她深爱的人。

她的眼泪饱胀着滴滴答答地落在手腕上、地板上。

原来，她从来就不是什么唯一的星辰、傲然的花朵，她并不比韦从好一点点，他有可笑的时候，她也有。

命运为每个人都准备了属于他的悬崖，然后狞笑着看他们跳。


她用力对着那三道刀口旧痕划了下去。

林朗果然吓得冲回来了，他抱住了她，说别哭，我不走了，别哭啊，我从没有看到比这更漂亮的眼睛，哭了就不好看了。

霓晨哭得更凶了。

这一次的伤口没有上一次深，浓浓的血珠渗了一会儿就停止了，可是那些痕迹，那么狰狞，那么绝望，那么吓人。

她知道林朗是在哄她。

他原本是不想哄她的，但是现在，他终于选择了哄哄她，骗骗她。

可是，这就是她用生命威胁想要得到的吗？

她终于知道书里常说的命运残酷是什么意思。

她这辈子真的没法离开林朗，可她不得不离开他。

就像韦从这辈子无法离开霓晨，也不得不离开她。

这辈子，我们总有无法离开的人，可我们总也有不得不离开的理由。


### 九 \

那天晚上，是薛霓晨人生记忆最清晰最漫长最痛苦的一个夜晚。

明天她就要回去了，这是她和林朗最后的一个夜晚。

她无法面对他走，所以，还可以选择自己先走。

然后骗骗自己，是我先离开了他。


她看着天色变暗，暗而转蓝，蓝而转白，最后阳光射了进来，照在她年轻的脸庞和流泪的眼睛上。

仿佛听见时光魔术的声音，在她的皮肤上，在她的心里，在她的灵魂里，发出大刀阔斧的声音。

她在变老，她在变老。

她在一夜之间，从那样嚣张无理张扬美丽的花朵，渐渐变成褪去颜色的妥协的无声的苍老。


早上，林朗想驾车送霓晨走，霓晨不让，就像林朗在阳朔走的那天一样。

他要走，她不留了，也留不住，却也不肯和他告别。


霓晨没有打车，她自己坐了地铁，地铁上人满为患。

她的旁边是一个年轻妇女抱着孩子。

小孩眼睛黑黝黝圆溜溜的，咬着手指好奇地看着她。

二十岁以前，薛霓晨以为这一辈子注定要和韦从打打骂骂过一生，有个家，以后有个孩子。韦从说，孩子必须是个女儿，像霓晨。这样他就可以不要凶凶的薛霓晨了，他只要女儿，以后只疼她。

气得霓晨对韦从拳打脚踢。

二十岁以后，她以为这辈子非林朗不嫁。

她希望生个孩子要像林朗，看着他长大成人，眉目渐渐开朗成美好的样子，讨很多女孩子喜欢，她却只挑最像自己的那个做儿媳妇。

可是，她曾经以为的这辈子笃定的两件事情，她一件都没有做到。

也永远无法做到了。

她想着想着，地铁上有人放着悲伤的歌，她如鲠在喉，刺痛难忍。

她抬头望着车灯，想努力地把眼泪咽回去，却越咽越多。


回到小城后一周，林朗如期去了美国，霓晨辞了职。

韦从听朋友说她辞职的事，就打电话问薛霓晨，要去哪里，是去上海吗？

霓晨说，嗯，是啊，她要去上海了。

韦从问，是不是你和林朗要结婚了？

霓晨怔了怔，等心脏那阵揪心的疼痛过去，然后笑了笑说是啊。

韦从说恭喜她。她知道韦从又哭了。

挂了电话，她收到银行的提示音，韦从给她转了五万块钱。备注写着：霓晨，我想过送所有人红包，从没想过给你送。

霓晨没有退给他。

这五万块钱，在薛霓晨刚到上海的时候，为她解了燃眉之急。


十、

霓晨真的去了上海，她也不知道为什么去上海。

林朗早已不在这里了，或许这辈子不再回来。

她已经不再碰英语了，后来，她做过很多份工作，当过行政开过黑车，搬过很多次家，和室友撕过逼也和中介吵过架。

有时候会经过徐家汇、甜爱路、洋泾浜，还有林朗的大学。

走在路上，常常还会一阵阵心痛如绞，她会停下来静静地喘一阵气，然后继续走，再看到那些熟悉的地方依然热泪盈眶。


有一次，林朗生日的那天，她独自去了林朗的中学。

校门口，绿荫成碧，附近餐馆的服务员穿着红旗袍袅袅婷婷地说着吴侬软语走过，很是美丽。

她坐在操场的台阶上，看着面前经过的一个个一双双青春洋溢的脸庞，她们笑着，她们闹着，她们相信勇往直前就能改变世界、改变命运，她们就像曾经的她一样。

她会很痛，她不怕痛。

只有在疼痛的时候，她才觉得自己好像活着，活在一个不知道为什么要活着的，没有林朗的世界里。

可是时光似刀，刀刀凌迟，在反复疼痛中也就这么渐渐麻木了。

日子就这样一天一天地过去了。

她没有死，也没有魂飞魄散，以大众喜闻乐见的样子活着，看上去积极生活，健康快乐。

甚至也谈过几次无关痛痒的恋爱，自韦从和林朗以后，她觉得和谁在一起也都无非如此。

她发誓要找一个再也伤害不到自己的人，而她也真的做到了，现在，谁也不可能再伤害到她。

她再也不会把自己的心，愚蠢地、全心全意地，交给一个人了。

### 十一 \

后来的后来，某一年，微博开始盛行，薛霓晨也实名注册了一个。

有一天，她收到了一封私信，她打开一看，鼻头酸涩。

依然是寥寥几句：

没想到你真的有微博，一搜就搜到了。

是林朗。

他们就那么联系上了。

原来，林朗好几年前就回上海了，新买了房子在某区某地。

说起来，有一阵子，霓晨租房子也租在附近。

他们每日上下班就乘坐同一趟地铁来回，两个人直呼好巧好巧。

薛霓晨心里想，哪里巧呢？那么多年，她那么想他，却一次也没有遇见过。

他走的那一天，她不就明白了吗？他们这一生唯一重合的那一段缘，已经走完了，这一生，就像近在咫尺，却也再不能重新遇见。

林朗已经有了新女朋友，听说很是门当户对，他的人生完美地按计划推进着。

而薛霓晨也有了男朋友。

韦从呢，早已是两个孩子的父亲。

他们都开始新的人生了。

她在这座城市终于奋斗得人模人样，有了一处属于自己的房子，还有了自己的车。

然后，就是某一天，林朗把那幅画寄了过来。

霓晨这才知道，原来，遇见的那一年，他曾经是真的给自己画过画的。

画里的女孩，就这样永远活在了那张画里。

现在的霓晨，头发变长，刺青不再，眉目谦和，再也找不到画里的薛霓晨一丁点以前的样子了。

很多年前，不知天高地厚的霓晨，遇见林朗，离开韦从，天真地以为她做对了人生的阅读理解，现在想来真是错得离谱。

她以为那是新的传奇，其实，那无非一段浪漫悲伤纠缠的旧故事。

他们都在命运的雕琢下，情愿或者不情愿地，变成了成熟的世故的不易受伤的样子。

十二\

有一天，她背着精致的小包，穿着细高跟鞋和美丽的裙子，走在商场里，听到商场在放一首老歌：

在很久很久以前，你拥有我，我拥有你。

在很久很久以前，你离开我，去远空翱翔。

她已经干涸了好久好久的眼眶，突然就怔怔地浮起泪来。

在很久很久以前。

少女清澈骄傲的脸，少年深情固执的眼，深红色蔷薇花开的香气，杂草如剑万物生长得疯狂。

# 赠你一些美好小事

你要知道，我喜欢这个世界，
不是没有原因的。

　　每逢假期我都要回老家一趟。一个小时的时间不算太久太远。

　　爷爷总是很希望我们回老家。每次回去，我下车后第一个看到的人都是他。他老了，眼神不太好，却固执地总不戴老花镜。看见车停了他就一直往车门看，眼神里充满着期盼，怕我下车后找不到他。其实，每次都是我在身后拍他的肩膀说"爷爷我在这儿"，他才看到我。

　　有一次回去，下起了毛毛细雨，他也没带伞，车出问题耽搁了，他一个人在雨中等了近二十分钟。我见他在雨中抽着烟，很生气，对他说，你怎么不带伞啊？他说，这不是要等你吗。我看着他的头发、衣服、鞋子都被淋湿了，却还在对我笑。

　　他接过我很多次，送过我很多次，我却从来没去接过他。

倒是送过他一次，他平静地看着我，踏上了旅程，走了却再也没有回来。

——msu 你好

**❷**

我是一名老师。大概是去年的这个时候，有一次被学生们气得半死，难得在班里发了脾气。下课后一个小女孩找到我，拉住我的手软软糯糯地对我说，老师你不要不开心，我希望你每天都开心。那一刻觉得心头很暖。

——薛轻言

**❸**

高二那年有个晚上自习的时候突然停电，外面雷电轰鸣。我在窗边怕得差点掉了眼泪，然后我在黑暗中听见你的声音，别怕，我在呢。

后来我还是害怕那样的夜晚，可是我会想起你。

然后，如今的我们在一起。

原来，缘分落地生根是我们。

——莫楠方

外出求学到现在五年了。家里中途搬了一次家，因为长期不在家，新家里连属于自己的房间都没有，我放假回家只能临时和妹妹挤一张床。陌生的环境，不属于自己的房间。有时候敏感起来甚至觉得这已经不是自己的家了。

因为对新家的不适应，很长时间都没再回去。后来又一次回家，还没开门就听到家里的狗狗在大叫。门一开狗就扑上来，当真是直接把我扑倒在地，然后它压着我一直舔，亲热得不得了。

之后不管我是吃饭还是到处转，它都一直跟在我脚边，赶都赶不走，一会儿没看见我就大叫。我妈就说，它是想我了，等我回来等了很久。

什么感觉呢？在因为没有自己的房间而惶恐不安的时候，它让我觉得特别安心，让我记起这里始终是我的家，而有人在家等我。

—— 染涧

赠你一些
美好小事

和朋友冷战，在寒风细雨中举着伞等了她半个多小时只为解释误会。等我回到教室上自习时，手已经保持握伞的姿势僵得动不了了。我的同桌是个可爱的女孩儿，看到我狼狈的样子，二话没说就捧起我的手，一边搓一边碎碎念，手怎么这么凉啊，怎么把自己搞成这样啊，感冒了可怎么办啊。即使之前受了委屈也没流过一滴眼泪的我，却被手掌缓缓传来的温度暖得满眼泪水。

所谓关心，可能并不需要什么言语，只是在冷的时候，有人拉过你的手而已。

Hey，同桌，高三加油。

——南柯一梦

"听说你有喜欢的女生了！我都不知道是谁！"

"谁都不知道的，如果有人知道，你一定是第一个。"

"为什么？"

"因为我告白的时候你一定在场啊。"

"为什么你告白一定要我在场！我不要当电灯泡！"

他笑笑没再说话。

窗外的风温柔路过。

—— 子曰薄情

**7**

十六岁时，她对他说喜欢，他红着脸回了句"我们还小"。她当时就急了："那我二十六岁的时候呢，你是不是要说我幼稚骄纵脾气不好？"他不再说话。她是镇上有钱人家的女儿，他只是个乡下的穷小子。她不肯罢休："那我三十六岁呢，你该嫌弃我人老珠黄不漂亮了吧？"

他被她逗笑了，脸不红心不跳地接了句："你三十六岁的时候，我们应该有一个很可爱的女儿，也该人老珠黄了。"

二十六年过去了，他们的女儿并不可爱，却听话，刚考上大学。偶尔在校园里看见情侣，会想起他们，然后发自内心地微笑。

如果可以在一起，就算晚上几年又如何？真爱从来不惧迟。

—— 七仔家的肥陀螺

⑧

在很久很久以前，我踏上长长的旅途，去找你。独自一人坐十几个小时的火车，一路无眠。那一年我十六岁，应该是最青涩稚嫩的年纪，不懂分离。如今三年过去，我也不再如当初那般热情，却还是想跨过距离的鸿沟，走过这千山万水来告诉你，我喜欢你。

—— 小幺阿姨 anywhere

⑨

两年前的一个中午，本来一起约好的下课一起去吃饭，你却不等我便冲去食堂。我以为你忘了，有些失望，慢慢走去食堂排了很久的队，打好饭走去我们常坐的位置，却看到你坐在餐桌上左顾右盼，面前摆着两份未曾动过的饭菜。

—— 纯牛奶 only

## 10

在十八岁的夏天，L陪我坐绿皮火车去市里退火车票。那是将要离别的时刻，不久之后我们将去到各自的大学。在那两个多小时里，我们讲了很多的话，具体内容已经不太记得。可那时的情形现在都记得，只觉得这是人生之中难得美好的时刻。

——Eleven 十壹 V

## 11

有一次晚上爸妈骑着自行车带着我和弟弟去超市买东西。出来的时候才发现外面下起了大雨，最后我爸冲到雨里叫了一辆出租车让我们回去，他却独自冒着大雨骑自行车往家赶，只因第二天妈妈上班要用自行车。坐在车里看着雨中老爸骑车的身影，我默默地哭了。老爸生日快乐，我爱你。

——CC-漫漫

## 12

在回家的末班车上，一位满头银丝的老人与他的老伴相依偎着站在我前面。忽然，车子一个急刹车，抓着扶手的我也险些向前栽去。再看那位老人，他一手抓住面前的扶手，一手紧紧把老伴搂在怀里，不让她摔倒，他的额头却因磕在扶手杆上而泛红，可他似没感到疼痛般仍急切地询问身边人有没有磕到哪里。知道她没事后嘴角微微上扬，不停地说"没事就好"。

两个苍老的身影就这样彼此依靠，仿佛对方就是全世界。

原来浪漫也可以这样诠释，不需要山盟海誓，惊天动地，就这样，简简单单的，你在，我在，彼此感知心灵最深处的温暖，足矣。

现在我还是会不由自主地想起你，只是好像变得不一样了。我会记得你带给我的感动，也请你不要忘记，这些感动，曾温暖过我的世界。

——迟阿锦

13

有一次睡前吵架，越吵越凶，我一边哭一边把被子蹬掉，动作一大，脑袋撞在床头柜上，立刻肿了个大包，他摸着我的脑袋问我："疼不疼？"

那时我还噙着眼泪，委屈地摇摇头，他突然笑了："那不吵了。"

这事我一直记得，后来不管哭得歇斯底里还是闹得不可开交，不管上上下下还是左左右右翻滚，他都用手护住我容易撞到墙角或是桌角的脑袋，让我心里一暖吵不起来。

——菜包和肉包的日常

14

小学有段时间骗子很猖獗，很多同学的爸妈都收到了骗子的诈骗电话。一天中午吃饭老师突然又提到了这件事，对我说：你爸爸接到骗子的电话说你被紧急送到医院了要汇钱。你爸爸很着急地问在哪个医院，一直问一直问，把骗子吓得电话都挂了。当时我心里就是一酸，爸爸虽然文化不高但是确实疼我入心。这件事到现在都没忘，这么多年爸爸一点一点老去，爸爸你慢点老要长命百岁，我想陪着你，去看你想看的风景，想你陪我走我的未来。

——长歌浮

高三期中考前夕，暴风雨来临之前的宁静。我们三三两两地围坐在一起——嗑瓜子。有话梅味的、焦糖味的、奶油味的……当然都是 H 的瓜子。

"小考小玩，大考大玩，少年不识愁滋味啊。"

"放下你手中的瓜子，我们还能听你瞎逗比。"

铉仔突然冒了一句："H，明天我们要是都考不好，都怪你的瓜子。"

"有道理。"大家异口同声，终于有借口考不好了。

高三的生活伴随着数不清的卷子、排得令人恶心的课程、不间断的考试，但其中夹杂的些许欢乐，却为灰色的高三添了色彩，让人觉得好像不是很难熬。

——补白 ON

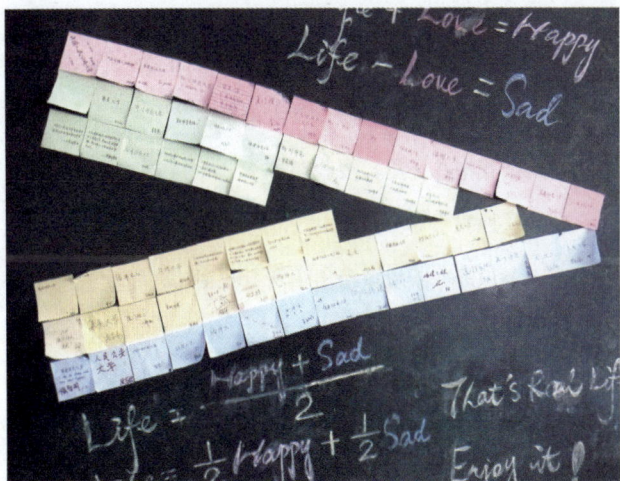

那个时候，我三岁。

你的突然倒下让全家人措手不及。

手忙脚乱地把你送进医院后便开始了漫长而又难熬的生活。

慢慢地，你整个人变得浑浑噩噩，变得谁也不认识，姨奶奶说你撑不过去了的时候，没人敢接话。

妈妈把我抱在怀里，要我叫爷爷。

我顺从地叫了你一声。

毫无意识的你眼里竟滑出了两行眼泪。

你所有的孙子孙女中，只有我是从小就和你住在一起的。没生病前你总爱抱着我去屋后看火车，会把我放进摇篮里慢慢哄我入睡。即便我再怎么闹腾，你对我始终是倍加呵护。

算起来已过去十四个年头，除了行动不便外你好像还是那样，因为以前从事的是医生的工作，偶尔会有人来家里问候你，你竟也记得他们的名字。

你生日那天我对你说"生日快乐"，你笑开来握住我的手，掌心干燥而温暖，说："你也是啊。"

我知道你是记得的，我出生那一天，正好赶上你的生日。

我爱你，永远永远。

亲爱的方老先生。

——方未青青

兼职的时候，晚上下班回家，整个人身心疲惫，心情差到极点。

经过一家婚纱摄影馆，门口有两位模特穿着婚纱在做宣传。我掏出手机，想要留影一张。

当时街上人很少，因此两位模特正在闲聊，可是当他们瞄到我把镜头对准他们的时候，却立即停下话题，摆好姿势，让我能够更好地留影。

就这么细微的一个动作，却突然治愈了我。

那一瞬间的感动，让我至今难忘。

——妖亲妈

赠你一些
美好小事

　　小学一年级的时候，有次语文练习里面有一道题是画青蛙，我画了很久都画不出来，但因为老师很严而我胆子很小，所以作业不敢不完成。姐姐也不会画，只好劝我要不然就别画了，我不肯，最后急得哭了。后来你看见了，安慰我不哭并拿起笔帮我画了一只青蛙。看着你画的青蛙，我瞬间就停止哭泣，乐了。

　　其实你画的青蛙并不好看，可是无论是在那时还是如今看来，我都觉得它是最完美的。时隔十一年，我仍旧清楚地记得这件事的细枝末节，每每想起，心头总涌过清浅的暖意。

　　爸爸，早在那时，你就是我孩子气的神，无所不能，是我永生崇爱的英雄。

　　　　　　　　　　　　　　　　　　——深冬 sunshine

　　父亲很爱母亲。

　　父亲 186cm，母亲 160cm，两个人用现在的话讲是最萌身高差；父亲小学毕业，母亲大学毕业，理所当然，他们还是最萌学历差。

听母亲讲，他们的婚姻刚开始不被看好，却风风雨雨地走过了三十年。

我还在初中的时候，母亲生了重病。一向硬汉的爸爸哭得像一个孩子，那是我记忆里面唯一的一次哭泣。最后还是母亲轻哄着父亲，爸爸才平静下来，那个瞬间突然觉得好温暖。

母亲的手术将近，父亲也越来越慌张。母亲看着父亲有些好笑，说，又不是生离死别的，你这样是干吗。父亲像是被戳中痛点一样，有点生气和惊慌："什么生离死别，净说不吉利的，呸呸呸。"母亲没有说话只是笑了笑。

大年初五的早上，是母亲做手术的日子，天气不是很好，灰蒙蒙的。

在母亲进手术室的时候，父亲像电影中演的一样吻了吻母亲的头，嘴中说着，别怕。说得那么有力，像是说给母亲听，又像是说给自己听。母亲红了脸，抱了抱父亲，也轻声说，别怕。

母亲的手术做了八个小时，父亲在手术室的门口站了八个小时，一分钟也没有坐下。

手里摸着烟盒，拿出来又放进去。我知道父亲是因为母亲，他不想让母亲担心。母亲不喜欢他抽烟，这个时候他更不能抽烟。

母亲出来，父亲才跟着母亲回了病房。因为麻药的药效没有过，父亲又在母亲的床头足足守了六个小时。

后来我问父亲为什么不坐在医院的长椅上等母亲。他说，站在门口只有一道门，他似乎还能感受到母亲，心里踏实。

——你知道我叫乐儿的

20

我晕车这件事，你是在我们一起坐上同一辆车要去往同一个地方时才知道的，在此之前我们的交集并不多，偶尔遇到也只是笑笑。看到我面露难色，你递给了我你的耳机，说听音乐就不晕车了。尽管，现在我们不在一座城市，但只要听上歌就会想起你，想起当时你耳机里放着的《南方姑娘》。

——真知棒蛋蛋

那晚我与你分别后独自回家。在那条漆黑的路上，我的脑子里充斥着各种恐怖片恐怖小说的情景。正担惊受怕时，却没想到接到你的电话，你说害怕我怕黑所以打电话过来陪我聊天。我们就那样聊了一路。自那以后，每次走夜路的时候，我都会想起那天晚上你给我带来的感动与温暖。

——独伊无二嘚

记得有年暑假，跟着表姐一起去了她的婆家，一个小乡村，有天晚上我们跟着乡邻去捡田螺，狗狗在前面欢快地跑着。我抬头望了望夜空，才发现乡下的夜空很美，布满了星星，好像一抬手，就可以摘到星星似的。虽然最后我们并没有捡到田螺，可看到那么美的夜空，也就满足了。

——我是黄上呀

彼时身处异地，与老友新友一同玩乐。彼此之间没有丝

赠你一些
美好小事

毫生疏感，像是一个爱的大家庭，坦诚相待互相帮助，赤诚热血。傍晚时分我们一同从酒店出发散步到小吃街，一路上说笑打闹，笑脸明媚，笑声热烈。恍恍惚惚间所有人像是回到了十几岁青春岁月的样子。一路走走停停两个小时都不觉疲惫和漫长。每个夜晚都会来顿消夜，啤酒小吃游戏。最重要的是我们坐在一起。那几日太阳柔和，月光皎洁。你看，成年人眼里也有光。

——Anthony 安阳

24

这是来自于同桌 Cement 与他二哥的故事。

Cement 从小与她二哥的关系就很好。她二哥跟她二嫂订婚那天，一大群人在 KTV 里面庆祝。那天他二哥特别高兴，喝了很多酒，回家的时候倒在沙发上，拉着 Cement 的手到她二嫂面前，问她二嫂这是谁？她二嫂看着她二哥醉得东倒西歪的样子，笑着说这是你妹啊。结果他二哥摇了摇头，说，不对，这是我们两个人的妹妹了，以后，你要对她好。

——深冬 sunshine

㉕

　　以前每次出门回家，我问我四岁的妹妹有没有想姐姐的时候，她都说不想，可是这次回来时我一如既往地问她，她却抱着我说想了。我心里一暖，问她有多想？她说，我一直想，想着想着就睡着了。那一刻我竟然被这稚嫩的话彻底暖了心。

—— 落伊伊伊伊伊

㉖

　　几个月前我翻出一个不用的布钱包，打算扔掉。我外婆看见后就喊住我，口里念着："别扔呀，给外婆用。"我一边笑一边给她："外婆帮我收着啊？"她动作轻缓地从衣服里面掏出一个纸折的钱包："这个是你以前给我的，现在可以不要啦。"

　　那是我以前给她的，八年以前。

—— 乔枝枝枝枝枝

㉗

　　记得那天深夜独自在教学楼，因为怕黑不敢回宿舍，你说需不需要来接我，我因为怕你麻烦所以问你在几楼，你说二楼，我便欣慰地让你来了，你一路送我回宿舍。后来才告诉我其实你住五楼，当时我心里真的很温暖，能有朋友为我如此付出。你说因为不想让我一个人，要让我相信还有人会在我需要的时候，只要一个电话、一条短信就会出现。你是大四的队长，即将毕业，而我还是大一的新队员，因为感伤离别，我说要给你织围巾。知不知道这是我第一次织围巾哎，只是想让你记住，曾经有一个小学妹，不想让你忘记她。我只想告诉你，我很珍惜你，所以能迁就你所做的一切，不需要你来迁就我，你只需要知道，我一直在。

——Charlene 夜星

28

那一年，你静静地坐在窗边，阳光透过窗帘的缝隙打在你的脸上，你整个人就像是画中的人一样，美得那么不真实。你告诉我，你要走了，去一个很远很远的地方，我其实早就知道了。我说等我，你说，好。可我知道我们永远不可能再有交集，但我依旧愿意为你努力。

——人在江湖飘

29

以前暗恋好朋友。有次不开心，我很沉默地盯着脚尖。他问我怎么了我不想说。过了一会儿他把他的手机递给我，我很诧异，他便直接将手机递到我耳朵旁边，手机正播放着我最喜欢的那首歌。我没想到他会留意我喜欢什么歌，更没想到他会来哄我开心。那种短暂却被喜欢的人珍视的感觉真的很美好。

——辞屿

30

记忆里你从来没陪我吃过早餐。你在上班的路上吃，我在上学的路上吃，就算是周末和假期，你八点起，我十点起……直到那天早晨，你出门前没看到我的拖鞋，我打开房间门很委屈地对你说，我今天不想上学。你眼里一闪而过的是心疼，是理解，是愧疚，不是我想象中的失望与震怒。你伸出大手拍了拍我的额头，语气轻柔："换衣服，爸爸带你去吃早餐。"

于是那天，好员工翘了班，好学生逃了课。你骑车带我转了半座城，在我这个不想吃那个也不想吃后终于停在了一家小笼包店门口。

我记得那天天很蓝，风很小，路上难得没多少车，香菇馅的小笼包很好吃，脱下衬衫穿 T 恤的你很好看。

——深冬sunshine

# 你好，
# 有故事的人

把你心底的故事讲给我，我把它变成文字送给你。

◆

/文/莫峻

一直以来，不是一个娴熟的巧妙的写作者。

一直以来，只是一个诚恳的笨拙的记录者。


最初，只是想记录身边人的深情。

后来发现，每个人都有每个人的伤筋痛骨和用情至深。

即便他们现在已经妥帖安好，云淡风轻。

即便曾经的百转千回压抑哭喊都已经被时光磨平。

可是那些故事应该都还在心底吧。

毕竟，到最后，唯一能证明我们曾经在一起的，唯一能证明那些美好是真实的，唯一证明我那么认认真真爱过你你也干干净净爱过我的，唯一证明我们也算真的跟命运放手一搏的，只有这些故事了吧。

那些热诚的眼神，那些纯粹的瞬间，那些简单的情感，如此寂静无声、默默无闻。

是你一个人的秘密，最后是不是你也慢慢不再记起。

如果我们都不再记起，这些美好凋谢后，是不是仿佛就不曾在这个地球来临。

来吧，和我讲讲你的故事吧，我想听。

也许这样，我才能认识真正的你。

南来北往，道阻且长；

天南海北，山高水长。

我们越走越远了。

如果有一天，你看到这个故事，你会不会知道，故事中那个美好的、温柔的、明亮的人，是你，而那个固执的、傻傻的、简单的人，是我呢？

这一次，换你来讲，我来记录。

如果你想在我的下一本新书里看到你的故事。

你好，有故事的人

请发送至我的个人邮箱：**mojun2000@outlook.com**

**标题：《在很久很久以前》故事／你的姓名**

我会定期整理回复，与你沟通。

就当是聊聊天也挺好的，我们都是人生旅馆里睡不着的人。

# 年轻的我，
# 刚好爱过年轻的你

/文/莫峻

◆

前阵子，和一个作者聊天，她是国内知名的编剧一枚。

孑身一人，一年接一个本子，便够整年的开销更尚有盈余，剩下的时间不是喝茶看书就是各地旅游，是那种在她的朋友圈就可以完成世界游的人。

朋友都羡慕她的条理分明潇洒自如，又无拖家带口的牵挂，她却苦笑。

她说也并不总是这样的，人生哪有不曾黑暗走偏的。

她大学的时候就有相恋已深的男友，两人十年爱情长跑，男友把她照顾得极好。后来大学毕业，她就去了对方的城市。

家里所有大小事务都是男友包办，小到水电燃气理财投资，大到职业规划人脉关系，她全然不需要自己操心。

她只需要潜心写稿，外事一概不管。

她说，那个时候真的以为触摸到了幸福的全部，她不喜欢这个世界，而她一腔出世的心有他入世的成全。

可是，这样的一个人，最后也还是选择了离开。


他曾建立起她与这个世界的联系，现在又亲手把这个联系斩断。

他曾从人海的洪流中将她捞起，为她筑一方岛屿，现在又让这岛屿沉陷。

她说：所以他后来跟我分手，觉得整个世界都坍塌一般。

因为，连家里的电视机都不会开的她，已经完全丧失了自己生活的能力。


因为忘记买电，大冬天晚上突然断电，一个人在房间冻了一夜。

因为不知道家里宽带的期限，错过了缴费时间，就在写剧本查阅资料的时候突然断网，捣鼓半天才知道是宽带期限到了，跑去办理宽带又找不到家里的证明，办理宽带回来又不知道怎么联网……

她说，那一刻，真的想坐在房间里大哭一场。

那种孩子般的纯粹的无助的大哭。

这些，他走之前都是一一告诉过她的，可是一旦过到真刀真枪的生活里，纸上谈兵一点用都没有。

泥沙俱下，裹足而往，以前以为生活只有琴棋书画诗酒花，独自过一场才知道一根线头可以牵扯出千般事来。

自杀、出家、打道回府、自暴自弃，什么晦暗的念头都有过，可是，就这么跌跌撞撞竟然也熬了过来，从弱女子活成了女金刚。

在被拖延稿费的时候能找律师维权打官司，在卫生间灯泡灭了的时候也能踩着椅子，身高不够垫书凑，咬着手电装灯泡。

脱胎换骨，削皮磨骨，出门在外，生活真的堪比梅长苏的火寒毒。

她说以前炖个汤可以把厨房烧掉，现在做菜可以天天不带重样。

她的骄傲里莫不有泪水的味道。

就像《阿飞正传》里面苏丽珍对露露说的一句话，我庆幸我已经走出来了。

那么多次的午夜徘徊，那么多次难以挨忍，那么多次几乎崩溃，那么多次泪如雨下，还好，竟然真的已经走出来了。

很难受吧，那么那么相爱却要分别。

很悲伤吧，以为一辈子最后只有一下子。

很失望吧，那么多的誓言最后原来只是笑谈。

很绝望吧，一次又一次地以为走到终点其实不过是中点。

要一次次地心灵重建，要一次次地自我安慰，要一次次地全新投入，又要一次次地像从不曾受伤从不曾爱人一样，再去选择新开始。

真希望啊，在你大风大雨来接我的时候，在我在夜里把车停下来靠在路边忍不住亲吻你的时候，在我们坐在河边歌唱的时候，在我们拥抱着闭上眼睛的时候，这一切能就这么尘埃落定到白头。

可是，一睁开眼睛，万千红尘扑面，我们又要道别，又要分开，又要争执，又要被冲散……

为了在一起，我们乍惊乍喜历经万千，而后我们又要收拾行装，从此一个人。

所以，我觉得这世间最难忍受的，不是离别，不是失去，而是改变，是无常。

是今天是幸福的模样，明天又不知如何散场。

是来年陌生的，偏又是昨日最亲的某某。

是寻遍了却偏失去，刚刚听到便更改，却不知哪里追究。

是离别总是突如其来，是失去总是猝不及防，是悲伤总是当头一棒，是黑暗总是凭空而降……我们总是要在某个最意外的瞬间，将自己从自己的生命里救场。

就像编剧孤独地重新开始，就像我们每一个人那样独自奔忙。

年轻的时候，总是害怕改变，所以不敢开始。

总是害怕离别，所以不忍相聚。

当有一天，发现无常，便是生命的本相，人生本来就是一个个从灿烂到消逝的过程，就渐渐释然了。

就像以前看到的一句话，事实上，我们在一起，就是一个失去的过程：要么失去我们的爱，要么失去你。

改变才是恒定，你也好，我也好，终究要在时光里改变，模糊自己的模样，重塑新的面庞。而爱，恰恰是人心里最柔软的一处。

人心多变，爱也只能如此。

他如今背着你送他人玫瑰是真的，可曾经为了陪你半夜排队也是真的。

你曾经爱着少年白衣是真的，如今又怪白衣易泛黄也一样是真的。

所以真的没有必要感伤。毕竟那么美好的，年轻的我，刚好爱过年轻的你。

就像诗歌里写的：

后记

现在，时间好像都是我的了
再也没有人叫我吃午饭和晚饭
现在，我可以待在那里看
云彩是怎么褪色、消散

你是真的走了
我必须意识到
我没有失去手脚
我要去散步
一直走到格鲁塔路

也许过了很多年，我们才会渐渐懂得，是的，我们曾经那么那么要死要活地喜欢过一个人，也曾那么那么刻骨铭心地被一个人所爱。

我们幸福到时间好像都要停止，像最浪漫的电影一样美丽，几乎用尽了我们生命所有的热情、眼泪和温柔。

可是啊，爱情本身，只是一件微不足道的小事而已。

只是一阵阵清风刮过，又消失，只是一阵阵潮水涌上，又退却。

人生一场，没有人避免别离，当做是某段意外假期，当做是艰苦中的休憩。

在很久很久以前，你曾爱上了我，而我也曾爱上过你。

而在告别的时候，就这么挥挥手吧，那些美好的小记忆，就让它们以美好的姿态，留在最干净最用力的年华里。

(END)

STAFF/制作团队

大鱼文学工作室

【总策划】

苏瑶

【副总策划】

宋惜非（邵年）

【执行主编】

邵年

【视觉设计】

刘艳　颜小曼

【封面和插图】

十指 Lost7 linali 莹莹安安 银ain 张昀宝 TUJIAN

【版权和媒体运营】

赵婧（zhaojing@dayubook.com）

【校对】

邓旭

**莫峻官方微信**

扫一扫看作者其他作品、最新消息

大鱼官方读者 QQ 群：193962680

与喜欢的人旅行才是正经事·欧洲站

看一看世界的繁华
还能坐下与你安个家。

（封面以实书为准）

作者：金鱼
出版社：贵州人民出版社
上市时间：2016年3月底

内容简介：
相恋10年，结婚2年，他们抗得了异地相恋，也顶得住分手吵架。
他们的爱情是：从同桌的你到为你披上婚纱。
4个欧洲国家、7个浪漫城市，他们的足迹遍布罗马、佛罗伦萨、威尼斯、琉森……
在异国她为他准备生日惊喜，他也为她海边散步讲过童话。浪漫过甜蜜过，也吵架过走散过，却更懂得珍惜与相爱。
他们的旅行是：我负责画画和貌美如花，你负责拍照和赚钱养家。
只是一对普通的情侣，却经营着不一样的爱情。
传说，人生至少要有两次冲动，一次奋不顾身的爱情，和一次说走就走的旅行
一不小心，他们占了俩……

烟罗写作十余年首本美文随身书

# 贝壳

献给那些
珍贵而美好的
岁月和你

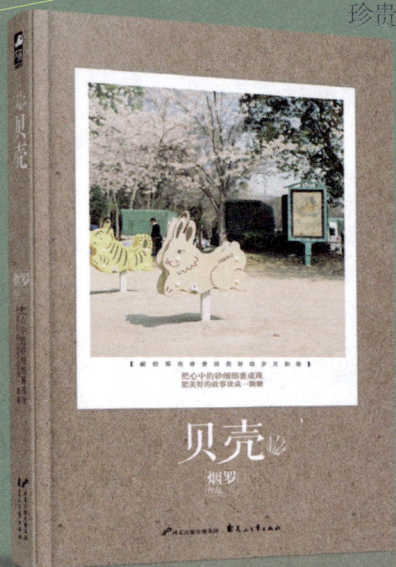

内含33个最动人的初爱初心故事
12位闪暖摄影师 41 张环球旅拍唯美插图
另附赠送"特种工艺明信片一套 4 张"

2016 年 4 月
感动上市

## 把心中的砂细细裹成珠
## 把美好的故事读成一颗糖

《读者》《意林》《青年文摘》多次转载推荐
各大文学类微信公众号争相热推